Alderamin on the Sky
發條精靈戰記
天鏡的極北之星
6
宇野朴人
Uno Bokuto
Illustration 竜徹
角色原案 さんば挿
Kadokawa Fantastic Novels

Alderamin on the Sky

contents

Designed by AFTERGLOW

Aldera

Characters……人物介紹……
夏米優・奇朵拉・卡托沃瑪尼尼克
卡托瓦納帝國第三公主，渾身散發屬於皇室成員的威嚴，同時也具備不流於討好的可愛氣質。和伊庫塔相遇，使她的命運漸漸改變。
遲帕・薩扎路夫
卡托瓦納帝國陸軍少校，照顧部下且擁有才幹的軍人。在北域動亂中與伊庫塔等人相遇後，就像是結了孽緣般地總是和他們一起行動。
哈洛瑪・貝凱爾

發條精靈戰記

天鏡的極北之星

Alderamin on the Sky

6

宇野朴人

Illustration 竜徹

角色設定原案 さんば挿

Kadokawa Fantastic Novels

Alderamin on the Sky
Uno Bokuto Presents

登場人物

卡托瓦納帝國

伊庫塔・索羅克……本作的主角，在非自願的情況下成為軍人的怠惰少年。
雅特麗希諾・伊格塞姆……舊軍閥名家伊格塞姆家之女，在帝國發生軍事政變之際脫離「騎士團」。
托爾威・雷米翁……舊軍閥名家雷米翁家么兒，面對父親掀起的政變，為自身立場深感苦惱。
馬修・泰德基利奇……體型微胖的平凡少年，對才華洋溢的同伴們抱有憧憬。
哈洛瑪・貝凱爾……身為醫護兵的女性，在一行人中是最有大姊姊風範的成員。
夏米優・奇朵拉・卡托沃瑪尼尼克……帝國的第三公主，將伊庫塔捲入某個宏大的企圖。
庫巴爾哈・席巴……帝國陸軍少將，作為新「旭日團」的參謀站在伊庫塔這一方。
索爾維納雷斯・伊格塞姆……帝國陸軍元帥，雅特麗之父。身為保守派的頭號人物，挺身對抗政變。
約倫札夫・伊格塞姆……帝國名譽上將，以「烈將約倫札夫」之名廣為人知的傳說軍人。
泰爾辛哈・雷米翁……帝國陸軍上將，托爾威之父。因憂心國家的未來掀起政變的主謀。
露西卡・庫爾滋庫……帝國陸軍中校，雷米翁派參謀。別名「冰之女」的聰穎人物。
薩利哈史拉格・雷米翁……帝國陸軍少校，雷米翁家長子。和次子斯修拉夫一同支持政變。
托里斯奈・伊桑馬……帝國宰相，令皇帝淪為傀儡，假借君威出謀劃策。

齊歐卡共和國

約翰・亞爾奇涅庫斯……被頌揚為「不眠輝將」的齊歐卡名將，具備完全不需睡眠的特異體質。
米雅拉・銀……約翰的女性副官，擁有已滅亡的極東國家「亞波尼克」的血統。
塔茲尼亞特・哈朗……齊歐卡陸軍上尉，約翰的盟友。

拉・賽亞・阿爾德拉民

亞庫嘉爾帕・薩・杜梅夏……拉・賽亞・阿爾德拉民神聖軍上將，個性豪爽的男性。

要捨棄何物，選擇何物。打從以前開始青年便有所自覺，自己不擅長下這樣的決定。

他並非──畏懼伴隨下決定而來的責任。無論要背負罪責或接受懲罰，事情若能就此了結，他都甘願承受。如果放在天秤其中一端的砝碼是他自己，這簡單明瞭的情況對青年來說反倒是種救贖。

然而，若非如此──舉例來說，如果天秤左右兩端要衡量的是部下的性命。

他的思考或許會在這裡暫時停滯。無法割捨任何一方，也無法拯救任何一方，他可以輕易想像出自己毫無作為地愣在原地不動的模樣，輕易到可悲的地步。

身為大批部下的將領，這種停滯可說是致命缺陷。但若是這樣，青年又是如何跨越連番戰火直至今日的？

回顧過去，他心想──那是因為他把下決定的職責轉交給了其他人。

所有殘酷的選擇，都由黑髮少年及炎髮少女代替他承擔了。

這一次，下決定的同樣不是他，而是他敬愛無比的兩位同伴。

懷抱割捨許多事物的覺悟，炎髮少女自他眼前離去。指出得以拾起許多事物的第三種選擇，黑髮少年拯救他脫離無法抉擇的死巷。

……可是，青年從一開始便察覺到，其實並不是這樣。

為了那個決定，黑髮少年想必割捨了比任何人都多的東西。帶著莫大的決心，少年拋棄了至今為止的人生——屬於伊庫塔．索羅克的生活方式。

他只是再一次跟隨了少年。僅僅像隻受燈光吸引的飛蛾般，搖搖晃晃地跟在後面。

拖延不下決定，把選擇全交給他人代勞。故作不知地任由同伴背負所有痛苦。

……像這樣子。

像這樣子，自己真的稱得上是他們的同伴嗎？

托爾威．雷米翁這名男子，有資格挺起胸膛稱自己是「騎士團」的一分子嗎？

——在緊要關頭無法扣下扳機的你，一定保護不了任何東西。

大哥的評語在耳朵深處復甦。他回憶起大哥摻雜嘲笑與失望的表情及冷冷的眼神。

為了否定那個評價，青年自認至今為止累積了許多經驗。他練習射擊、學習戰術，藉新兵科的成立將戰爭推往下一個階段。

他習得了狙擊技巧。從遠距離擊斃敵人的技術。

在透過望遠鏡瞄準器望見的戰場上，他所珍惜的同伴總是傷痕累累地奮戰著。

他的心與他們同在。自己也是同樣抱著受傷流血的覺悟上戰場。正因為青年對此深信不移，過去才能作為對等的同伴相處。

不過——假設是這樣，為何遍體鱗傷的總是只有他們？

既然說心與他們同在，為什麼自己看著炎髮少女的背影，未能說一句話？為什麼事到如今仍然沒共同分擔黑髮少年的痛楚？

翠眸青年思考著——自己生而為雷米翁後裔應盡的義務。作為騎士團一員存在於此的意義。他捫心自問，自己身為伊庫塔・索羅克的同伴、雅特麗希諾・伊格塞姆的盟友，持槍戰鬥至今的理由。

我在保護什麼？跟誰戰鬥？——唯有這個答案，必須清清楚楚地存於心中。

第一章

Alderamin on the Sky

爆發

那一天的開端和平常沒什麼不同。至少對於生活在帝都邦哈塔爾的大多數人來說都是如此。

在毫無減弱跡象的猛烈陽光下，路上來來往往的行人充滿活力。四處奔跑購買日用雜貨的人、一邊散步一邊純粹逛逛露天攤販的人、拿著貨品和老闆講價的人——看來今天卡托瓦納的最大都市也一如往常地運轉著。

「喂，快讓路~馬車要經過了！」

載滿貨物的馬車分開群眾駛過大街，駕駛座上握著韁繩的旅行商人荷魯希德毫不顧忌他人目光，打了個酒氣沖天的嗝。

「咕啊啊，昨天喝多了……原本預計早上出發，結果卻拖到了中午。今天明明得把貨物送達鄰州啊。」

「荷魯希德，再喝點水。你的臉色有點差。」

在身旁的搭檔水精靈關心之下，荷魯希德將銅杯靠近精靈軀幹上的「水口」。緊接著淡水汩汩注入杯中，他一口氣喝光整杯水，流過咽喉的清涼感一路擴散到後腦勺。

「呼啊啊！醒過來了，謝啦，尼姆。」

原本因為宿醉昏昏沉沉的腦袋豁然清醒，荷魯希德握著韁繩的手加重力道……不過在擠滿行人的路上不能催馬走得更快，結果馬車仍保持和步行差不多的速度行進著，此時，相識的商人忽然開口喊他。

「呦～荷魯希德，沒想到才過一天又碰面了。你不是早上就要出發嗎？」

「囉嗦，金加夏。歸根究柢都是昨晚被你拉著猛喝一頓害的。要是我因此錯過做生意的機會你該怎麼負責，啊？」

「嘿嘿，答應要拚酒的可是你……話說，你這次送的是什麼貨？」

「昨晚我也說過，重頭戲是卡米奴染的布匹。儘管在帝都漸漸退流行了，送到其他州還銷得出去。還有滿滿一車南域產的辛香料。」

「喂喂注意點啊。你之前把辛香料和布匹堆在一起，結果很慘吧。不但沒做好準備就遇上大雨，辛香料的氣味和顏色還滲到布匹上……」

「不要老是拿我剛出道時幹的蠢事出來講啊！看清楚，這次的貨物全都用皮革包好啦！」

荷魯希德指著車上的貨物氣勢洶洶地叫嚷，看得相識多年的商人笑了出來。

「這樣嗎，那我就放心了……唉，盡力掙錢吧。戰爭接連不斷，政府只顧著徵稅。不打起精神好好賺，連能不能養活自己都難說。」

「不必你提醒我也知道。等布匹賣完，下一趟我要到東邊從軍人身上發筆橫財。戰況愈是艱難，茶葉和藥品愈是暢銷。」

「太得意忘形的話，整車貨物都會被徵收喔。要看準收手時機啊！」

「就說你多管閒事，你打算倚老賣老到什麼時候啊。」

荷魯希德厲聲拒絕後哼了一聲。對話到此中斷，但金加夏似乎想送後輩離開，繼續跟著走在馬車旁邊。不久之後，前方已可望見市區的出口，但是——

「……啊？喂、喂，怎麼回事？」

眼前一群著軍裝的男子封鎖道路，兩人面面相覷。疑惑的他們還沒發問，對方已厲聲警告。

「那邊的兩個人，停下來！現在未經允許，一般民眾禁止離開帝都。馬上掉頭回市區。」

「啊、啊？」

荷魯希德一臉錯愕。本來以為是取締違禁品的盤查，但軍人甚至沒檢查貨物便拋來一句「不准通過」。他無法接受，臉色大變地頂撞回去：

「這、這是怎麼回事！我只是個旅行商人，要檢查貨物也沒問題。我車上沒載任何見不得人的東西，沒理由被擋著不讓過……」

「無論如何，這裡不准通行。馬上掉頭回市區，這是軍令。」

「那……那麼，要等多久？總不能害客戶等太久……」

「之後會通知你們解除封鎖的時間。」

軍人的回應沒有回答問題。隔著一大段距離問答令他焦躁起來，拉起馬車韁繩想往前駛去。一旁的金加夏驚慌地拉高嗓門：

「等等，荷魯希德！別再前進了！」

荷魯希德聽到警告後停下馬車，眼前的軍人幾乎就在同時全體舉起風槍。面對槍口，兩名商人都嚇得臉色發白。

「我再說最後一次。掉頭回市區——下次就不只是警告而已。」

軍人以拒絕一切妥協的嚴厲態度宣告。比一旁的前輩商人慢了一步，荷魯希德也察覺那個事實——這件事毫無討價還價的餘地。

同一時刻——位於帝都邦哈塔爾南方不遠處的帝國軍中央軍事基地。此地也同樣，或者該說正因為是在此地，異變才會以決定性的形式發生。

「……請您投降，元帥閣下。」

一名軍官警惕地兩手舉起讓風精靈吞下子彈，壓縮空氣也已填充完畢，只需扣下扳機就能發射的最新型膛線風槍，並開口說道。他和四十多名配備相同武裝的部下，全將槍口對準唯一的對手。

「我要反問你。這道命令可有依據？庫亞倫上校。」

反問者的聲調極為平靜。在軍方機構走廊中央，被大批部下持槍相對的帝國軍最高司令官——索爾維納雷斯．伊格塞姆元帥，置身於這種狀況之下，依然未流露出一絲動搖。

「能夠對位居元帥的我下令之人，說來非常惶恐，只有手握帝國全軍統帥權的皇帝陛下，或是奉敕令代理陛下的宰相。據我推測，並非那兩位的你發出的命令不存在法律依據。」

「正如您所推測，我沒有那種高級玩意。非常遺憾，我們是用純粹的武力在威脅您，元帥閣下。」

與元帥對峙的壯年軍官也毫不畏懼地承認自己違法犯紀。他忍受著眼前對手散發出的無言壓迫感，繼續往下說。

「話雖如此，我們也有我們的命令系統。我們遵從帝國陸軍上將泰爾辛哈．雷米翁大人之命，對你表明叛心。和所有憂心國家的同伴也與我們同在。」

「意思是不作解釋嗎？」

將手中的文件扔在地上，伊格塞姆元帥雙手伸向腰際的雙刀。看見那個舉動，庫亞倫上校大喊：

「請住手！像您這樣的人物，不可能不明白狀況吧！」

「什麼狀況？」

「意思是就算憑您驚人的高超劍術，也無法從這局面殺出重圍！為了封鎖您一個人，這次派出的人員直接就有一個排，間接數量更超過一個連以上！」

庫亞倫上校一邊以眼神示意部下們的存在，繼續喊道。

「拉開一段距離的雙橫隊，已堵住這條走廊前後兩端！即使您擊倒突破包含我在內的第一列，只是招來在後方待命的第二列集中射擊！往另一側尋找生路的結果也將一樣！難道您以為中了十發鉛彈還能活下來？」

庫亞倫上校嘶聲力竭地拉高嗓門。儘管占據壓倒性的優勢，他的樣子卻毫不游刃有餘。因為他知道——自己正在和地表上最強的生物對峙。

「這是最後的警告，元帥閣下。請放下武器投降！否則我們只得開火！」

雙手停在雙刀刀柄上方寸許，伊格塞姆元帥陷入沉默。令人窒息的沉默支配現場。握著風槍的士兵們手上也漸漸使力——剎那間，同伴的慘叫與馬蹄踏地的聲響傳入耳中。

「……！」

庫亞倫上校的表情一下變得緊繃起來。包圍建築物周遭的部隊遭遇來自某方的襲擊——他瞬間想像到這種情況，但並未動搖。這裡是二樓走廊，縱使敵方勢力突破包圍網趕到元帥身邊——這最糟糕的想像成真，應該還有一些緩衝時間。只要在時間內制伏對手就沒有問題。

「……我等待五秒。請放下武器，元帥閣下！五、四——」

庫亞倫上校開始倒數，但還沒唸完，從背後走廊傳來的馬蹄聲突然更加劇烈。說是來自屋外的回音太過接近了。後列的士兵心中想著看向背後，超乎想像的事物瞬間躍入眼簾。

「——喔！在這裡啊啊啊啊啊！」

令人難以置信的，他們看見一隊從屋內的樓梯騎馬衝上來的騎兵。一名老兵面露可怕的笑容騎在帶頭的馬上，紮成馬尾的炎髮向後飄揚。最引人注目的是他的左肩，自肩膀以下沒有手臂。

「後排，迎擊！」

毫不誇張地說，庫亞倫上校沒犯轉頭往後看而露出破綻的愚蠢錯誤，即刻下令的判斷值得稱讚。然而——在短短兩秒都不到的發言期間，伊格塞姆元帥抓住那連破綻也稱不上的極短空檔猛然拔出雙刀。

「疾！」

槍兵們的手指還來不及扣下扳機，他便迅速踏出一步，甚至將疾風都拋在腦後。那一瞬間，庫亞倫上校失去了雙臂自手肘以下的部分。

「——啊——」

他下令的時機沒有延誤。也不是部下的反應遲鈍。這件事無法追究任何人的責任，庫亞倫上校的部隊的確依照其實力盡了全力。

他們倒楣的地方在於對手是伊格塞姆——僅僅這一點足矣。

死亡肆虐而過。手腳頭顱軀幹、風槍的槍管，不分肉骨鐵全被砍飛拋向半空。看見雙刀軌跡的瞬間即意味著死亡到來。不容任何反抗或逃跑，只有屍體堆疊累累。橫掃而過的軍刀斬下頭顱，短劍突刺而出刺穿心臟——以炎髮元帥為中心展開的空間裡，生命的終結無止境地連鎖蔓延。

「就這樣衝出去，索爾維納雷斯！」

老兵駕馭的軍馬輕盈地從那名劍鬼頭上躍過，直接率領後面的部下朝在走廊另一頭擺出射擊姿勢的敵軍——槍兵橫列衝去。

「他們要衝進來……？」「嘖！別看不起人！」

但是不像剛剛趁隙奇襲，這顯然是個魯莽的嘗試。已做好迎擊準備的槍兵戰意昂然，將槍口對準傻愣愣衝鋒過來的敵人。

「開火！」

壓縮空氣的爆炸聲在走廊上反覆迴盪，帶頭老兵的坐騎輕易淪為槍火齊發的靶子。被鉛彈擊中的馬身無力地頹然歪倒。

「喝喝！」

但那一瞬間，還騎在馬上的炎髮老兵腳底猛踹馬鞍，身軀順著疾馳的力道描繪出拋物線飛過半空。槍兵們半是呆然地注視著這一幕，老兵幾乎無聲無息地輕盈落地——用獨臂流暢地拔出腰際軍刀。

「想靠這種玩具除掉我們？小鬼頭！笑掉我的大牙！」

以如野獸般凶猛的笑容為信號，第二幕的慘劇開演。在槍兵們壓縮空氣準備下一波射擊的空檔，老兵的軍刀已取走五條人命。

每當鋼鐵的軌跡一閃而過，被砍中的士兵軀體便迸出鮮豔的血花。不容任何在自己攻擊範圍內的敵人生存——儘管只有一把，老人揮舞的毫無疑問正是伊格塞姆之劍。

「咿……啊……！」「嗚……嗚哇啊啊啊啊啊！」

到了這個地步，庫亞倫上校的屬下們喉頭才迸出慘叫。化為慘烈戰地的走廊景象，將超越邏輯的絕望分享給所有人。他們已經發現局勢無從挽救——這裡已是死地，我方連區區一個人也無法倖存。

這個預感正中紅心。跟隨老人湧上的騎兵進一步追擊崩潰的槍兵戰列，蹂躪接著蹂躪。完全掌握勢頭的騎兵，沒花費多少時間便將走廊上殘存的敵人掃蕩殆盡。

「哼，真沒勁！」

殺戮暫時告一段落，獨臂老人踏著染紅的地板悠然地佇立當場。伊格塞姆元帥將雙刀收回鞘中，靜靜地敬禮。

「多謝援助，約倫札夫．伊格塞姆名譽上將。」

「別用比你低的軍階稱呼老前輩！……不，現在不是挑毛病的時候。究竟怎麼搞的！你好久沒找我，過來看看卻發現懷念的基地上上下下都鬧翻天！」

被老人粗魯的口吻一問，伊格塞姆元帥看向腳邊的軍官遺體。

「根據庫亞倫上校的發言和狀況來判斷，應該是發生了由雷米翁上將主導的軍事政變。」

「泰爾辛哈那個混小子？喂喂，什麼時候鬧得這麼僵了。兩邊的第三代最近不是例外地感情挺好嗎？」

獨臂老人——約倫札夫．伊格塞姆名譽上將皺起眉頭抱怨。和元帥交談的同時，他正熟練地指揮統整部下。部隊在短短時間內恢復控制，騎兵整齊地排列在狹窄的走廊上。

「算了，無論如何現在得先行動。既然雷米翁派全力發動軍事政變，這座基地被占領也只是時間問題，只能盡量多帶一點部下逃跑，反擊等之後再說。」

「我有同感。目前，名譽上將手下的兵力……」

「你也知道吧，退伍軍人手邊頂多只有一個騎兵連。還有，差不多也該叫我聲叔父了吧，喂。」

「明白。那就活用機動力，嘗試與正在反抗的友軍勢力會合。」

伊格塞姆元帥淡淡地說完後，轉身往走廊上前進。這傢伙還是沒變，這麼冷冰冰的——獨臂老人傻眼地嘟囔著，也跟了上去。

聳立帝都邦哈塔爾中央的宮殿建地內。率領大批部下的翠眸將領，面色凌厲地大踏步走在通往禁中的石板路上。

「停步、停步！」「沒有事先預約，究竟為何突然擅闖！」「竟用軍人的腳玷污陛下禁中的庭園，失禮也該有個限度……！」

泰爾辛哈・雷米翁上將粗魯地推開過來攔人的侍從，加快腳步。他的目光直直盯著目標禁中的最高層——皇帝的臥房。

「哎呀哎呀，這是怎麼了？雷米翁上將，這般臉色大變。」

一名異常肥胖著寬長袍的男子擺出不合時宜的親切態度介入雙方之間——是帝國上流貴族的一員，韓拜・山札利伯爵，他在宰相托里斯奈的關照下擔任侍從長，平常就經常進出禁中。

「不必這麼心急，如果有事想稟報陛下，像平常一樣由我轉達就行了。我們不是來往多年嗎，呼呼呼……」

雷米翁上將冰冷地瞥了一眼面露可憎笑容湊上來的伯爵。

「山札利伯爵……」

正如同對方所言，他們的確來往了多年。正因如此，他知道若不花錢賄賂這人，對方甚至連傳話工作也不肯做。為此不斷籌措金錢的日子究竟有多長——苦澀地回想起那段虛度的時光，翠眸將領開口。

「……打從以前起，我便想對你說一句話。」

「喔，是什麼話？」

「不扭曲報告內容。不要求零用錢。不嫌棄運送的距離——根據上述理由，傳信鴿遠比你優秀得多。」

太過犀利的諷刺聽得伯爵臉頰抽搐。但在他開口抱怨之前，上將周圍的槍兵一個接一個舉起風槍。

「咦……啊……？」

被槍口對上的伯爵與其說驚慌，更像是無法理解情況地呆立不動。那丟人現眼的德性，令雷米翁上將瞠目結舌——在這個人眼中，軍人只是好用的錢包或垃圾桶。他恐怕沒有任何罪惡感，一直以來都像呼吸一樣自然地反覆壓榨和任意驅使軍人吧。所以，伯爵或許連自己遭人懷恨都不知情。直到最後的最後，當下這個瞬間為止。

「不，開玩笑——」「開火。」

雙方已無話可說。簡短的命令一下，空氣爆炸的聲響交疊。總計由四把槍管發射出的鉛彈各擊中頭部與胸口兩處，伯爵即刻斃命。

腦滿腸肥的軀體癱倒，自屍體淌流出的一大片朱紅猶如地毯，漸漸覆蓋彷彿象徵這裡是聖地的雪白石板——此時，終於理解狀況的侍從以慘叫聲大合唱。

連踩爛一隻螻蟻那般輕微的感慨也未曾表露，翠眸將領命令部下後再度邁步前進。斜眼瞪著四散奔逃的侍從，他決然地呢喃。

「我們走。」

「帝國的未來不可留下奸臣——一人也不留。」

「你、你們這些傢伙，以為這裡是什麼地方——」「等等，你們想要什麼？如果是錢——」「住手，別開槍、別開槍啊啊啊！」

宮殿各處傳來刺耳的尖叫聲，大都是哀求饒命或瀕死的慘叫，兩者皆是的情形也不稀奇。侵入宮殿的雷米翁派士兵動起手來非常俐落。就像一一捏爛田裡的害蟲，他們始終如一地幾乎沒開過口，四處屠殺視野內的貴族。

「求你行行好，饒了我、饒了我啊……！」

「啊，沒子彈了。」「注意點啊，拿去。」

一名士兵在跪地求饒的貴族眼前滿不在乎地填充子彈，再度將槍口抵上貴族後腦勺扣下扳機。另一名士兵在開槍前一秒覺得太浪費子彈，沒有用槍便將對方從四樓窗戶踹了下去。

他們並未殺紅了眼，反倒極其清醒。取走貴族性命的行為沒有帶來一點亢奮或罪惡感，這樣的殺戮對士兵們來說還是第一次。相對的，他們心懷樸實的厭惡及強硬的義務感。每一個士兵都僅僅想著「這場可笑的大掃除必須盡快結束」。

然後，禁中四樓北側。快步登上每一層位置都不同的階梯，終於來到皇帝臥房前的雷米翁上將，在那道門前反覆深呼吸。

「……請恕臣無禮，陛下。」

他單手推門，被門鎖堅硬的觸感阻擋。受上將眼神示意，部下們舉起風槍瞄準門上的絞鍊開火。幾聲刺耳的金屬聲響起後，粉碎的絞鍊彈開，鎖也失去意義。

倒下的房門另一頭，是一套窮盡世上奢侈之能事的臥房。然而，多樣家具在室內耀武揚威，鑑賞它們的主人卻不見人影。王者的床鋪僅僅空虛地擺放在那。目睹那片空白的瞬間，雷米翁上將的表情霎時變得更加凌厲。

「……快搜！應該藏在某個地方！」

帶著煩躁下達的命令，指的並非如今連自力起床也有困難的現任皇帝。對雷米翁上將來說，皇帝始終是應該從腐敗貴族手中救出的存在。這場血腥的大掃除，另有無論如何都必須最優先清除掉的目標。

「給我出來，托里斯奈・伊桑馬！你這是白費力氣掙扎！這個國家可沒剩下任何一處供你安心喘息的地方……！」

上將傾盡所有的殺氣大吼。吶喊仇敵之名的叫聲，在寬敞的臥房裡嗡嗡迴盪——

沉浸在夜色中的希歐雷德礦山山腳。布陣包圍死守山上敵方勢力的帝國軍，相對於壓倒性占上風的戰局，正徹夜進行撤退準備。

「趕快組成梯隊！就算現在是晚上也沒閒功夫睡覺，事情可是分秒必爭！」

帝國陸軍少將庫巴爾哈．席巴以跟前一天相比截然不同的有力聲調發出號令。聽令四處奔走的士兵激動的心情，甚至彷彿使得本來就難以成眠的舊東域熱帶夜，變得比平常更加悶熱。

這次，為了奪回礦山動員的陸軍兵力扣除後方支援有一萬多人。但是，隨著雷米翁派掀起軍事政變，屬於伊格塞姆派的兩千人已被召回帝國。

而現在，剩下八千人也正要跟上。這是既不屬於伊格塞姆也不屬於雷米翁的第三勢力。在伊庫塔．桑克雷號令下復甦的昔日傳說，「旭日團」的成員們。

「……意思是要我跟你們一起走？」

說歸這麼說，並非所有人都步調一致。畢竟在士兵之中，更多人是在大局已定後才得知這個事實。蘇雅．米特卡利夫士官長也是其中之一。她此刻正神情冷淡地面對著年紀比她輕的長官。

「嗯，我希望妳也同行。」

因現實的優先順位問題考量，向他們做說明的時間不得不排在軍官之後。儘管因此感到內疚，伊庫塔仍然向自從軍起便一直陪伴他的副官尋求協助。不是以長官身分命令，而是用個人身分請求。

「你們光照兵第四連，是我無可替代的重寶。理解我的用兵思想又能予以實踐的部隊，無論如何也不是一朝一夕能夠養成的。」

「……………」

「其中，蘇雅妳這位副官更是特別。妳早已能代替我擔起現場等級的指揮工作，直接接手連上的士兵也不會陷入混亂。可以在不減弱我最仰賴的部隊戰力之下，全力投入軍團營運——」

「太隨便了。聽起來你從剛剛開始都只想到自己。」

蘇雅冷冷地唾棄道，伊庫塔面露苦笑陷入沉默。那副乾巴巴的樣子看得她莫名火大，情緒化地拉高嗓門。

「這時候沉默有什麼用！要拖我們下水，就用像樣的理由說服我們！例如國家的危機、軍人的職責……！」

面對瞪視自己的蘇雅，伊庫塔依然帶著苦笑搖搖頭。

「國家有危機是事實。不過，光是這樣放著不管也沒差。因為那不是從現在才開始的。打從很久以前起，帝國便走上了歷史的下坡路。」

「…………！」

「要說軍人的職責，也是個困難的問題。保護國民生命及財產、維持和平——在這些基總部分上，伊格塞姆元帥和雷米翁上將的志向是共通的。他們對帝國的感情之深，想必深到我連拿來比較都嫌自不量力吧。即使如此，軍事政變仍然爆發了。真是麻煩。」

少年摻雜著嘆息說道，自嘲地聳聳肩。

「這兩個人起衝突。我可沒膽量擺出與我格格不入的那種憂國志士的架子介入攪局。再說姑且不論天下國家大事，干涉這次軍事政變的動機，我有更符合身分的理由。」

「……那動機是什麼？」

「我不想失去雅特麗。」

伊庫塔沒有一點停頓地即刻回答。聽見他毫不猶豫地唸出那個名字，蘇雅胸中深處掠過一絲痛楚。

「在這場戰爭中，她比起過去被更加嚴格地要求當個伊格塞姆。一旦跨越界線，她再也回不到原本的生活方式。無論軍事政變成敗與否——妳也明白吧？」

被這麼一問，蘇雅不禁語塞。因為在北域動亂期間，她也親眼目睹過。經歷漫長歲月累積下來的炎色宿業。降生為伊格塞姆後裔這個事實無比沉重的負荷——

「所以，我要在事情發展成那樣前結束紛爭。好讓她得以盡量少殺同胞，好讓我們下次見面時還能照老樣子鬥鬥嘴一起歡笑……為了達成目的，我需要妳的協助。幫我吧，蘇雅。」

說完最後這句話，伊庫塔完全停止說服。他沒有修飾言詞或打著大義旗號當藉口，只是將心中的想法直接交了出來。無論要唾棄或踐踏，全都任憑對方決定。這是黑髮少年所想到的唯一表現誠意的方式。

宛如熬煮鉛汁般的沉默落了下來。蘇雅怒火熊熊的雙眸瞪著少年，認真地下定決心——如果他敢稍微別開目光，就要在那一瞬間咬住他的咽喉。

胸中湧現的真切殺意比起得知伊庫塔與母親的關係時更強。誰叫他說了那麼過分的話。他竟毫不害臊地提起雅特麗希諾．伊格塞姆的名字，拿來當成要眼前的女人——蘇雅．米特卡利夫賭上性命的理由。對這罪行沒有自覺的男人、說出口之後才被罪孽深重嚇怕的男人，應該馬上下地獄被烈焰焚身。

可是氣人的是，少年沒有別開目光。他不逃避投向自身的所有指責，甘願承受那份折磨——歸根結柢，這代表他是知曉一切才站在自己眼前。緊張的沉默，表明他絕不玩弄詭辯推卸罪責的意志。

蘇雅領悟到，對方是在明知一切的前提下等待自己的裁決。

「…………唉~~~~~~~~…………」

她鬆開緊抿著的嘴唇，強烈到瀕臨爆發的感情波動伴隨肺裡的空氣一起無力地吐出——這大概是她人生中最大的一聲嘆息。

「……徹頭徹尾只顧自己方便啊。國家危機跑到哪裡去了？」

「不注意的話都快忘記了。」

「對、對，我就覺得你會這樣想。啊~真是的、啊啊真是的……啊啊啊真是的！真的、真~的、真~~的拿你這個人沒辦法！這樣不就只得由我來替你記住嗎！」

蘇雅呻吟似的說道，雙腳連連跺腳。

「別誤會！我是不放心交給你，才無可奈何地幫忙！因為我也一樣希望雅特麗希諾中尉回來！」

這是她竭盡全力的逞強。黑髮少年點點頭，露出微笑。

「謝謝妳，蘇雅。有妳當副官真好。」

「要道謝等到事情全部結束後再說！沒有時間了吧，我該做什麼才好？」

一接獲命令，蘇雅立刻轉身不讓人看見含淚的雙眼，奔跑著離開長官面前。伊庫塔目送她的背影離去，走向在一段距離外旁觀的夏米優殿下。

「……你遲早有一天會被人捅的。」

「怎麼突然這麼說？」

沒再繼續說些什麼，公主在少年身旁陷入沉默。同樣以沉默避開那份沉默裡包含的意味，伊庫塔的視線轉向大帳篷入口。

「希望大家都辦得順利。依照下屬軍官及士官的性格而定，出現大批士兵脫離也不足為奇。覺得人人都會像蘇雅一樣支持就太自以為是了。」

「……是啊。不過，我不怎麼擔心。過去部下裡即使有人脫離也是少數，你們透過實戰培養起來的信賴，對他們來說分量也絕對不輕。」

「我很希望是如此。失去正規命令系統這個根據後，我們剩下的只有和兵卒之間純粹的信賴關係。如果積累得不夠，幾時被人朝背後開冷槍也沒法抱怨──」

明明是自己說出口的話，伊庫塔感覺到背脊一陣寒意──此時，彷彿要突破兩人之間變得有些沉重的空氣，壯年軍官大跨步地走了過來。

「團長，有幾件事相商！」

暫時停止監督士兵的席巴少將朝伊庫塔大喊。精力十足的粗獷嗓音，和前陣子判若兩人。

「請說。」少年點頭回應後，少將再度開口。

「首先第一點，是怎麼處置第三公主殿下的親衛隊。他們現在也嚷嚷著把公主還來，該如何對待？」

「儘管令人同情，不能答應他們的要求。作為皇室護衛，他們全都是伊格塞姆派的軍人，在這種狀況下不會贊同我們的行動。將他們繼續和公主隔離。」

「這處置略微寬鬆了。」

「正因為考慮到日後的事情，才只能這麼做。一時衝動除掉他們，等於親手放棄和伊格塞姆派談判的可能性。鄭重對待是最好的方法。」

「就算鄭重相待，我也不認為知道我等行動的伊格塞姆元帥態度會有所緩和。再問一次，這樣處理真的行嗎？保他們平安無事，相對的可能造成有利於敵方勢力的結果──」

少將的話語突然中斷。伊庫塔的手掌抵到身高高一個頭的少將鼻尖制止了他。

「……少將，慎言。除了礦山上的齊歐卡軍以外，這個階段我等沒有『敵人』。我們的目的是和平地調停國內發生的軍事政變，既非打倒國家體制也非篡奪軍事權力。帝國之內沒有必須打倒的敵人。」

少年以堅決的口吻說明道。聽到這番話，席巴少將滿意地點點頭。

「失禮了，團長。以後我會多加留意。」

伊庫塔對這段大有深意的互動默默地聳聳肩……即使遭到試探，以他的立場也無法抱怨。從現實來看，以「旭日團」的武力加上第三公主的權威，計畫趁機奪取國家也是可能成真的。伊庫塔不會受這種短視野心驅使的保證，目前只存在於他的心中。就算現在沒有那個打算，未來的事誰也不能打包票。

伊庫塔．桑克雷的意志要往哪個方向前進？那軌道會不會動搖？席巴少將有看到最後的義務——黑髮少年也有責任一直回應那份期待。藉巴達．桑克雷聲威獲得的地位，便是這般沉重。

「眼前先從我們的部下裡分出人手擔任公主的護衛。」

「了解，這麼做更保險吧。關於第二件事——」

「索羅克中尉！索羅克中尉在嗎～～！」

席巴少將正要換下一個話題，帳篷外有人大喊。怎麼回事？周圍的軍官們皺起眉頭，布簾的另一頭傳來爭論聲。

「幹什麼！我說過這裡現在只有中尉階級以上的軍官才能進入！」

「請包涵一下，通融放下官進去！」

「莫名其妙……快點離開！妳想關禁閉嗎？」

「那可不行！被關起來就無法保護公主殿下！」

熟悉的女聲，使伊庫塔和夏米優殿下面面相覷。將公主託付給選派為護衛的士兵，少年中斷談話朝外走去，穿過帳篷入口後馬上碰見爭論的雙方。

「……露康緹准尉？」

看見穿著輕甲的女子，伊庫塔有些困惑地呼喚。和年長軍官險些打起來的她，發現少年的身影後表情也亮了起來。

「喔喔，是索羅克中尉！太好了，下官正想求見你！」

「不，比起這個，為何妳人還在這裡？妳不是和雅特麗一起前往帝國了？」

搞不清楚情況的少年歪歪腦袋。正如她的言行舉止顯示的一般，哈爾群斯卡家是重視騎士道傳統偏向保守的門第。加上露康緹本身仰慕雅特麗，伊庫塔還以為這次的軍事政變，她也會跟隨伊格塞姆派戰鬥。

「是！當然下官本來也這麼打算，可是雅特麗希諾中尉給了建議。在考慮過後，下官決定留在這邊。」

「雅特麗？她對妳說了什麼？」

「『比起跟隨我，能不能請妳代替我保護第三公主殿下？』。既然是雅特麗希諾中尉的請託，下官不可能拒絕。守護身為國家基礎的皇族，是下官信奉的騎士道中至高的殊榮！」

露康緹准尉自豪地挺起胸膛，接著，她像這才想起來似的將夾在腋下的活頁文件遞過來。

「這是推薦信！請過目。」

伊庫塔藉著庫斯的周照燈立刻掃視紙面。上頭的確是雅特麗的筆跡，寫著推薦露康緹准尉擔任公主近衛的理由。還有具體的待遇全交給伊庫塔決定。

將內容看過一遍，少年理解地把目光轉回對方身上。

「事情我明白了。那麼，妳要留在這裡保護公主吧。」

「正是！下官將以卑微之身全心全意保護公主殿下！」

「嗯、嗯，謝謝……總之，妳可以先整頓好自己的部隊待命嗎。我們現在正為了撤退重編組軍團，等妳的所屬單位決定後再通知妳。」

「遵命！那麼，細節就交給您處理了！」

活力十足地敬禮後，露康緹准尉立刻轉身跑遠了。伊庫塔微帶苦笑地目送她的背影離開後回到大帳篷，席巴少將和夏米優殿下正一臉訝異地等著他。

「嗯～我還是不擅長應付那女孩……和她哥哥一樣的那股衝勁讓人吃不消。」

「這是怎麼回事，索羅克。露康緹准尉要服侍我？」

「是啊，算是雅特麗留下的臨別紀念品。連親筆推薦信都寫好了。」

瀏覽伊庫塔遞上來的文件，公主握著活頁的手微微顫抖。

「這意思是……要彌補自己離開後的空缺……？」

「也不能說沒有這層意思在，但硬要說的話，她大概是擔心露康緹准尉吧。如果作為伊格塞姆派的成員對抗這場軍事政變，怎樣都難以避免和同胞互相殘殺。因為原本的自己人劃清界線成了敵人。和她哥哥一樣對同伴感情很深的准尉肯定承受不了——說得更殘酷點，在戰場上派不上用場。」

「…………」

「為了避免後輩被內心的矛盾逼到絕境，雅特麗才故意不帶她走。她判斷『為了保護眼前的公主』而戰，是最適合露康緹准尉的立場。還有在我的陣營，可以給予她這樣的待遇。」

夏米優殿下直盯著推薦信，咬住嘴唇沉默不語。伊庫塔留意到她這樣的反應，然後將目光轉向席巴少將。

「抱歉打斷了話題。第二點是？」

「——嗯，是關於眼前的齊歐卡軍。總之我軍要放棄奪回礦山對嗎？」

「沒錯，這種狀況沒有餘力兩頭作戰。別藕斷絲連的，全軍轉進吧。」

「全軍嗎……如果壓倒性占上風的我方撤退，對方也會猜到帝國內出了異變。他們多半會在包圍網解除的同時派出傳令兵趕回本國。這樣也無所謂？」

「如果能防堵我是想防堵，這樣一來就得留下數千兵力進行包圍。當然，我絕不接受在此分散戰力。畢竟我們接下來必須作為第三勢力介入伊格塞姆派和雷米翁派的紛爭。」

再說——伊庫塔嘴角往下一撇補充道。

「假使留下兵力，我也不覺得那個白毛小白臉會放棄和齊歐卡本國聯絡，總會靠某種手段突破或穿越包圍網傳遞情報吧。是否能爭取到時間都很難講。」

「……唔。」

「打從一開始便認清這是場和時間的戰爭還比較好。白毛小白臉通知齊歐卡帝國軍撤退一事，接獲消息的齊歐卡軍調查後確定發生軍事政變，國民議會同意開戰，緊急編組的大部隊跨越國境來犯——白毛小白臉也可能從其他路線收到帝國內密探傳遞的情報。將這方面也納入考量，算得緊一點，當成還有兩個月的時間吧。」

雖然對自己說出口的數字感到頭痛不已，伊庫塔口氣堅決地繼續道。

「從現在算起兩個月後。在那之前我們要調停軍事政變，促使國內的軍事勢力再度團結起來。雖然是一大工程，但絕非不可能實現。若是在軍隊分裂狀態下被齊歐卡打進來，國家就會滅亡——伊格塞姆元帥和雷米翁上將應該都清楚這是最糟的結果。」

伊庫塔最後幾乎是被催著似的匆匆說完。簡直像在說服自己啊——少年心中有道嘲笑的聲音。正當他反覆深呼吸想甩開那刺耳的嘲笑聲，席巴少將的右手豪邁地一掌拍在他背上。

「咳嗚——？」

「別太逞強了小毛頭！不是只有你一個人在戰鬥，是我等所有人團結一心去挑戰！」

少將臉上浮現強而有力的笑容，讓咳個不停的伊庫塔看得入神——那耀眼可靠的笑容，令他切身感受到昔日在父親麾下號稱「日輪雙璧」的人物給予的庇護有多強大。

「咳咳、咳咳！……不，那真是幫了大忙。不過，下次請拍輕一點。」

少年眼角泛淚地呻吟。席巴少將對他的反應笑了一陣子後切回正題。

「好了，第三件事——是關於在尼蒙古港那些海軍的對待方式。要怎麼處置他們？」

「剛才我已派出傳令兵去海軍那邊說明到目前為止的來龍去脈，就先放著不管吧。現階段應該很難吸收在政治面上奉消極中立為信條的他們加入我方勢力。不像少將你們，他們與『旭日團』的關係也不深。想說服那個海盜大姊頭——更正，耶里涅芬·尤爾古斯海軍上將，需要做好周到的準備。」

「是啊，我個人也贊成。先告知事由再放著不管，他們會選擇對政變袖手旁觀吧。伊格塞姆元帥多半也不會堅持召回他們。如果撤走那批海軍，將喪失對齊歐卡的牽制力。何況就算召回內陸，海軍也派不上用場。」

「沒錯。儘管達成目的馬上折返帝國的我於心不安，還是請海軍留下來當防波堤吧。如果齊歐卡趁機侵略，鎮壓尼蒙古港回復失去的海路是當務之急。這一點海軍那邊也明白，想必會達成自己的使命。」

「我明白了。第四點是關於撤退路線。當然，這要選擇最短最快的路線吧。」

「沒錯。基本上，我希望能回溯進軍路線走回去。」

「能夠辦到那是最好的。可是依照帝國爆發軍事政變的現狀，認為雷米翁派不會妨礙我們撤退太一廂情願了。路線途中零星分布著從齊歐卡那邊奪回的要衝地，特別是此處——」

席巴少將攤開從懷中取出的地圖，指向那一個點。

「——這座庫多拉崖的堡壘，是選擇路線做微調時無法迴避的難關。如果避開這裡，回程得沿著海岸繞一大圈，至少得多花費三天路程。懸崖本身也是阻攔大軍前進的絕佳地形，雷米翁派的部隊十之八九會守在這裡。」

「唔。」

「憑武力強行通過也不是不可行，但相對的得消耗兵力及時間。依我個人的見解，理解必須繞遠路迂迴繞過去方為上策——團長的意見呢？」

當少將詢問，伊庫塔「嗯～」一地沉吟一聲抵住下巴，瞪著地圖。

「我記得這裡，嗯……嗯～嗚～啊～只差一點就快想起來了。」

以兩手手指揉著腦袋，他最後不知為何望向身旁的少女。

「……公主，關於庫多拉崖妳知道些什麼嗎？」

「咦……我嗎？」

沒想到話題會拋向自己，公主有些焦慮。不過她仍拚命搜索記憶，憑著天生的優秀資質沒多久便找出相關情報。

「……正式名稱是艾利希六十一號山間要衝。那裏原本是帝國的堡壘，是帝曆八百年代初期，作為東域防衛力強化政策的一環，由軍事建築技術師艾利希．漢簡應當時的帝國軍要求監督興建的要衝點之一。不過這座堡壘沒得到活躍的機會，相對直到近年為止都沒有直接戰鬥經驗——？」

沒等公主說完，少年的雙手便揉了揉她的一頭金髮。

「沒錯，就是那個。公主，妳真了不起。」

「什、什、什……」

撇下僵硬的她，伊庫塔露出無畏的表情重新轉向席巴少將。

「我想要確認，這座堡壘在這次的進軍裡遭遇過激戰嗎？是否已經嚴重受損？」

「不，沒有。先前進軍走的是沿海的迂迴路線，發生戰鬥的地點主要在那邊。當我軍繞行到堡壘後方，此處對齊歐卡來說作為要衝的價值大幅下降。堡壘等於被齊歐卡棄置了，幾乎無損地回歸我國。」

因此不能期待堡壘的防禦力退化，少將打算暗示這一點。然而，對方的反應卻和他的預測正好相反。

「太好了，那就好──方針定案了。不走迂迴路線，挑最短路線直行。」

「什麼──？那麼，您打算承擔耗損攻下堡壘？」

「也沒有那個必要。」

伊庫塔靜靜地搖頭，對著困惑的席巴少將和夏米優殿下坦然地強烈主張。

「雅特麗會打下堡壘。大概不用半天。」

＊

「──開火！」

十二門風臼炮同時從堵住山路聳立的石造堡壘上吐出炮彈。從坡道上彈跳滾過來的成群鐵球，逼得慢慢接近敵陣的士兵們不得不後退。

「好，就這麼把他們趕開。槍兵也別鬆懈！」

自堡壘伸出的多口炮門與自阻絕設施上方及窺孔凸出的無數槍管，令人想像到一隻蹲在山路上的巨大刺蝟。無論來多少人都別想通過這條路——他們的意志彷彿正以最強烈的形式具現化。

「……雖然不知道指揮官是誰，看樣子伊格塞姆派太輕率了。竟想靠區區兩千兵力強行穿越這座堡壘。」

指揮死守在堡壘內的六百人營的，是從基層歷練起來的雷米翁派軍官柯魯沙・加茲里克上尉，在運用要衝防衛的戰術上素有好評的老資歷軍人。高層看重他擔任現場指揮官長達四分之一世紀的經歷，派他在這場軍事政變中負責絆住伊格塞姆派。

「就這麼待著別動吧。雖然對手策略錯誤對我等來說正好……即使已經分道揚鑣，對同軍的夥伴開火還是不好受。」

苦澀的感情令上尉歪歪嘴角。他忽然環顧周遭，只見許多同伴也露出相同的表情。

「……不愧是我國建造的堡壘，堪稱銅牆鐵壁。」

透過望遠鏡眺望敵陣，伊格塞姆派軍官努達卡・梅格少校開了個連他都知道不好笑的玩笑。望著被炮擊追擊逃回來的士兵們，他發出低吼。

「按照我方的兵力和裝備，想在近日內打下堡壘是癡人說夢。那邊大炮和槍枝數量都很多，因為是石造的也不怕火攻，找不到可趁之機。如果非要打下來，只有向齊歐卡低頭借用爆炮一條路走吧。」

少校以想舉白旗投降的心情抱怨。若從上空俯瞰，這座堡壘呈現凹型背靠背的形狀。首先是垂直擋住道路的石牆，牆壁兩端各向前後延伸出共四道防壁。

每面防壁都有滿滿的士兵把守，不小心靠近將遭到來自三個方向的集中射擊。剛才那樣的炮擊只不過是最初的洗禮。正式的量產陣亡人數，應該要等到可悲的士兵們進入凹型之後才開始。

「不過，我等能夠在今天之內攻陷這座堡壘——沒錯吧，雅特麗希諾中尉。」

「正是如此。」

炎髮少女在陷入沉思的長官身旁清楚地回答。聽到這句話，少校考慮良久之後猛然抿住嘴唇轉向她。

「……好吧，妳試試。元帥閣下告訴我那件事的時候，老實說我是半信半疑……不過衡量預想中的損害與成功的把握，還是難以捨棄成功通過這裡的可能性。現在，我等非得盡快趕回帝國不可。」

以洗鍊的動作敬禮後，雅特麗準備趕回部下們身邊。察覺行動的意義，梅格少校慌忙從背後叫住她。

「等等，雅特麗希諾中尉！難道妳打算擔任活動的前線指揮？」

「是有此意。」

「太亂來了！妳是僅次於元帥閣下的伊格塞姆派象徵，面臨這種情勢，為了慎重起見妳要留在後方待命！不必擔心，我們也會照妳的提案做好——」

「恕下官僭越，正因為面臨這種情勢，伊格塞姆才有必要站在前線指揮。少校也察覺士兵的動搖了吧。」

嗚，梅格少校不禁詞窮。她說的沒錯。從聽說雷米翁派發動軍事政變時起，士兵們心中便產生無法忽視的震盪。忌諱同伴之間互相殘殺、害怕自己是否跟隨了落敗的那一方——迷惘的兵卒在統馭上岌岌可危。

「必須趁現在讓他們牢牢記住，應該跟隨的對象是伊格塞姆。既然如此，用我的背影親身展現這一點是唯一的辦法。」

「……可、可是！妳的雙刀和炎髮太顯眼了！在這個地形會成為瞄準射擊的……」

梅格少校來回看著堡壘和雅特麗，憂心忡忡地說。她露出微笑，紮起長髮。

「少校，我也不想自殺。我會把頭髮紮起來藏進帽子和軍服裡，雙刀交給同伴保管。武器只帶裝了短槍的弩弓。遠遠望過來分辨不出我和其他士兵的差異——不過，部下們當然不會認錯我的背影。」

回答的同時，雅特麗雙手已將炎髮迅速塞進帽子和衣服裡再度面對長官。或許是再沒有說詞能挽留她，梅格少校一臉嚴肅地低下頭陷入沉默。

「那麼，我出發了。」

將那份沉默視為同意，炎髮少女這次展開行動。

「唔……？」

從防壁上方慎重關注戰況的加茲里克上尉敏感地對敵人的動向有所反應。看見大批士兵在堡壘正面散開，那魯莽的行動令上尉皺起眉頭。

「沒學到教訓還想再來挑戰……？所有炮門再次開火！」

指揮官下令後，自堡壘伸出的十二門炮口立刻射出鐵球。面對彈跳滾落斜坡的質量彈，伊格塞姆派士兵卻不露怯色。他們鑽過火線的縫隙站好，當場舉起風槍開火。

「白費力氣……！槍兵，回擊！炮擊改變左右角度繼續攻擊！」

上尉也不服輸的下令反擊。雖然駁火距離近五百公尺遠，雙方都不拘泥於命中率。子彈幾乎全四處散落，槍兵不斷扣下扳機。

「他們打算把戰局拖入消耗戰？膚淺！」

他斷定道。由於庫多拉崖的堡壘是補給的中繼點，從彈藥及炮彈算起，儲藏的物資綽綽有餘。全力互相駁火的話，先耗盡彈藥的肯定是伊格塞姆派。深信勝券在握的加茲里克上尉繼續指揮——

然而……

「……？那是……！」

關於消耗戰的預測沒多久便被推翻。因為從在堡壘正前方散開的敵兵——背後，大批士兵隨著多輛馬車一起衝了出來。

「「「喔喔喔喔喔喔喔！」」」

拋下距離這個安全的保護，士兵們向堡壘前進。

自全體士兵喉頭迸發的咆哮，與其說是戰意的表徵，更像是對恐懼的反抗。在地面彈跳的炮彈，自空中射來的無數子彈——只要運氣稍微差了點，兩者都能輕易奪走他們的性命。

「別慌張！壓低腦袋，在運貨馬車後面排成三列前進！」

在分別追趕八輛馬車的集團中，雅特麗率領的是在最右端散開的部隊。載滿物資的馬車完成防彈的任務，給士兵們製造了最低限度的安全地帶——但那僅限於面對子彈。

「來了！做好準備！」

壓縮空氣爆炸的巨響傳來。自堡壘同時射出的炮彈擊中八輛馬車裡的三輛，木片迸散開來。一輛車身被削掉一大塊貨物滾落出來，另一輛車輪損壞的馬車則原地翻倒。馬腿被炸得骨折的那一輛，改由士兵們代替馬匹推動馬車。

「別怕！被打壞幾輛都行，無論如何都要有一輛馬車抵達堡壘……！」

每一輛馬車後面從一開始就有士兵們拚命在推。可是受到堆在車內防彈的貨物影響，馬匹的速度快不起來，導致他們必然地在半途中遭遇第二波炮擊。又有三輛馬車中彈，其中兩輛翻倒——距離堡壘還剩近兩百公尺，馬車總數少了一半。

「嘶嘶——！」「可惡，馬……！」

防壁近在眼前之際，雅特麗他們的馬車終於也出了狀況。脖子被炮彈炸到的馬匹陷入恐慌狀態瘋狂起來。儘管車夫拚命安撫，但疼痛得失去理智的馬化為受傷的猛獸，無法聽從人的指示。

「中士，下車！」

判斷極限已至的雅特麗奔向駕駛座，以短槍槍尖割斷聯繫馬身和馬車的繩索。獲得自由的馬頭也不回地逃跑，失去負重者的馬車重量沉沉地壓向後方的士兵。他們發出苦悶的呻吟，軍靴靴底陷入地面。

「只差一點了！所有人鼓起力氣！」

雅特麗大喊。她本人和爬下駕駛座的中士也加入幫忙，整支部隊傾盡全力推動馬車。隨著接近堡壘，刺向車身的彈雨愈發激烈。

「「「嗚喔喔喔喔喔喔喔！」」」

緊鄰的堡壘響起風臼炮的發射聲。聽到那聲響的士兵，個個感受到死神的呼吸近在咫尺——直到他們推的馬車撞上牆壁的衝擊傳來，才終於察覺剛才的炮彈以毫釐之差掠過頭頂。

「到了！躲到馬車右側！」

接到命令的士兵們回過神來。迅速鎖好車輪後，所有人立刻衝進剛剛建立的安全地帶。一行人抵達之處是從倒凹型堡壘對面右側延伸出的防壁——突出的一端。

「呼、呼……！」「到、到了……！」

眾人紛紛發出安心的嘆息。牆面裝有阻止敵兵攀牆的倒鉤，在這種情況下反倒化為盾牌掩護著雅特麗等人的頭頂。再加上左側又被他們辛苦推來的馬車堵住，來自堡壘的射擊已無法射中他們。炮擊也一樣，無法超過俯角的極限轟炸正下方。

「到達這裡就算我等的勝利——所有人深呼吸三次，先順好氣。」

雅特麗也和大口喘氣的部下們一起反覆深深吸氣吐氣，等所有人恢復冷靜，她下令指示下一步的行動。

「依照計畫，在這裡展開作業。拿出大槌！」

三名士兵雙手緊握住原先背在背上的槌子，面向堡壘牆壁。

「把這片範圍垂直分成三等分，敲遍牆面每一個角落。開始！」

號令一下，三支槌子開始敲打厚實的石牆。然而，即使鼓起渾身力氣猛砸，牆壁當然仍舊文風不動。不只如此，反彈回來的震動更使手疼痛起來。但士兵們沒有抱怨，默默地不斷揮動工具。

「……要是堡壘那邊派出步兵，我等會被輕鬆解決啊。」

在一旁看著作業進行的中士喃喃低語，雅特麗聽見後搖搖頭。

「要派人出來必須打開大門。對方想要絆住我們，我不覺得他們在這個階段會冒這麼大的風險。

萬一真的發生了，到時候梅格少校將立刻派援兵過來吧。」

「原來如此——不，失禮了，我並非覺得害怕，反倒是認為死在這裡也不錯。我決定死的時候要在您的命令之下。」

周遭的士兵們也淡淡一笑同意中士所說的話。在我們之中沒有任何一個人缺乏這份覺悟——收到他們強而有力的訊息，雅特麗也帶著感謝露出微笑。

「……謝謝。那麼，我再次命令全體成員——無論如何都要活下來！」

「「「Sir, yes, sir！」」」

眾人一絲不亂地應答。那一瞬間，持續敲打石牆的一名士兵感到擊打在牆上的槌子傳來奇異的手感。難道……他定睛凝視敲過的位置——發現只有構成那部分的長方形石材被按進牆壁內。

「中尉，猜中了！找到了！」

士兵滿臉喜色地大喊。隨著槌子第二下、第三下敲擊，石材愈發陷進牆內。不久之後，石材咚一聲伴隨堅硬的聲響嵌入內部預先製作的凹槽。原本由石材堵住的部位變成空洞，裡面透著深深的黑暗。

「幹得好！負責內部作業的九個人，把搭檔帶過來！」

先前在後面觀看的九人與揮槌的士兵交替站到石牆前，每個人雙手都小心翼翼地捧著從腰包裡出來的搭檔精靈。

「拜託你了，希姆……」「露，全靠你了。」「瑪卡，我相信你。要好好幹啊。」

各自交代過後，士兵們將搭檔送進穿透牆面的黑暗中。背著皮袋的精靈們毫不畏懼地搖擺著小巧的身軀在黑暗中前進。

另一方面在堡壘防壁上，加茲里克上尉猜不透對手的意圖。

馬車的衝鋒被炮擊和掃射擋下九成，抵達防壁的馬車只有一輛，這個結果本身明明很好，他卻怎麼也無法釋懷——敵人是抱著什麼盤算派出馬車的？

「就算把馬車送達堡壘，又有什麼意義……？要代替雲梯高度太低了。不，當真想攻進來的話，需要的豈止雲梯而是攻城塔才對。那種程度的事情明明一眼就看得出來……」

上尉俯望唯一穿越迎擊的馬車和部隊皺起眉頭——以敢死隊來說太過草率。區區二十人的部隊能夠對這座堡壘做得出什麼破壞行動？充其量只能像那樣屏息緊貼在牆邊罷了。

「那邊的指揮官終於失去理智了嗎——」

但同一時刻，成功侵入防壁內的精靈正在不解的上尉腳下深處的漫長漆黑通道中前進。帶頭的光精靈希姆點起周照燈，其他夥伴仰賴燈光跟在後面。通道緩緩地下坡，延伸至堡壘下部。

大約走了十分鐘，周照燈映出的範圍突然變大。他們離開狹窄的通道，來到寬廣的空間。希姆將周照燈切換成遠光燈探索周遭，映照出周邊一整片往四面八方搭建起來的橫梁。

知道抵達目的地後，九個精靈立刻分成三組展開行動。光、火、風的精靈三個一組找到梁柱的根基，從背上的皮袋裡拿出浸過菜籽油的引火物環繞著根基擺放，這次換成火精靈從雙手的「火孔」取出火種點燃。接下來風精靈從軀幹的「風穴」送入空氣，使火種的微弱火苗漸漸增強。變強的火舌自引火物延燒到梁柱，開始侵蝕整條橫梁——

距離雅特麗等人展開作業後一個多小時，堡壘內部有一名士兵察覺異狀。前來下層彈藥庫領取補給彈藥的他，感覺到室內濃密的煙霧和刺鼻的強烈燒焦味。

「失、失火了！下面燒起來了——！」

這項報告也立刻傳達給防壁上指揮的加茲里克上尉。儘管表情錯愕地僵住，他依然派出士兵過去滅火。可是，撲向他們的異變其實現在才要上演重頭戲。

「喂，起火點在哪裡？火是從哪邊燒起來的！」

由於一直沒收到滅火工作展開的報告，上尉從下層召來部下詢問。士兵十分困惑地回答。

「哪、哪邊也沒發現……！煙最濃的地方是彈藥庫，可是在那裡沒發現火勢……！」

聽到這奇異的報告，上尉困惑得臉色發白。

「別開玩笑了，彈藥庫可是在這座堡壘最下層！既然那裡不是起火點，那你說煙究竟是從哪裡冒出來的！再一次徹底──」

正要說「徹底重新調查」的上尉，忽然感到身體失去平衡哽住話頭。雖然勉強站穩腳步沒有摔倒，一股駭人的異樣感卻在那一瞬間竄過背脊。

「……喂，剛剛是怎麼回事……？」

加茲里克上尉戰戰兢兢地問。在他眼前臉頰抽搐的部下回答道。

「上……上尉……那裡的、地板……！」

士兵顫抖的手指指向他腳邊，只見組成地板的石材竟沿著接縫凹陷下沉。而且還不只一處，仔細環顧四週，上尉站立的防壁落腳處整體傾斜、壓扁──

「這、這到底是……嗚喔喔喔？」

能將疑惑說出口的時間到此為止。比房屋震響更增幅數十倍的怪聲傳遍周遭，出現一陣劇烈震動後地板開始崩塌下陷。彷彿被剛才站立的落腳處吞沒一般，上尉他們的身軀展開致命的墜落。

「……來了！推著馬車退下！」

透過背靠的牆壁震動搶先判斷出那股徵兆，雅特麗命令部下們退後。眾人和完成防壁內部工作歸返的精靈一起匆忙地和堡壘拉開距離。

緊接著，襲擊堡壘的異變達到巔峰。結果可說是極為精彩。以堅固著稱的庫多拉崖堡壘，在他們眼前一口氣開始崩塌。

雷米翁派士兵的慘叫和驚呼為堡壘如小孩子堆砌的積木般逐漸崩塌的慘狀更增慘烈之色。對他們來說，這是場徹底荒謬無比，完全無法理解的毀滅吧。

「好、好厲害……」「見鬼了——」「那座堡壘居然這麼輕易地……」

把茫然呢喃的部下們丟在一旁，雅特麗注視著在堡壘反方向——隨著梅格少校一聲令下一起展開進軍的友軍。此刻再也沒有任何東西阻擋他們的腳步。原本那般激烈的炮擊和掃射，都伴隨堡壘的崩塌徹底停止了。

「作戰計畫成功，等友軍趕上來就和他們會合。」

「……遵命！如果接下來要直接攻進去，要叫士兵做好肉搏戰的準備嗎？」

「不，這得等梅格少校決定——不過多半不會發展到那一步。既然堡壘已毀，繼續交戰是不可能的。」

雅特麗淡淡地回答。但她的語氣聽來帶著一絲憂慮，並非部下們的錯覺。

「……嗚……」

加茲里克上尉在遍及全身的悶痛中醒來。

「柯魯沙！醒醒，柯魯沙！」

搭檔自腰包裡呼喚。即使聽到呼喚聲，他感覺仍像在作夢一樣。可是——伸手一摸格外發熱的額頭，只見鮮血糊在掌心。刺人的疼痛和壓倒性的現實感接著襲來。

「……！」

這讓上尉一口氣清醒過來，看見淹沒周遭的大量瓦礫後，他茫然地理解狀況——儘管不敢相信，但堡壘崩塌了。他明明沒容許一兵一卒入侵，以堅固著稱的堡壘卻迎向太過簡單的完結。

「……有人……有人嗎……！」

崩塌時似乎撞傷肋骨，上尉光是拉高嗓門胸口便劇痛不已。但現在不是在意傷勢的時候，既然堡壘崩塌，敵人肯定會立刻攻進來。在那之前必須重新統整士兵——

就在此時，軍靴踩踏瓦礫的聲音從不遠處傳入上尉耳中。平安無事的同伴人在附近——這麼以為的上尉喊道：「這裡！我在這裡！」於是腳步聲愈來愈近。

不過，當他正要第三次呼喊的時候，強烈的不對勁感覺爬上背脊——既然聽得見他的聲音，對方為何一句回音也沒有？

「…………！」

他幾乎是以本能的動作摸索手邊，右手指尖抓住風槍槍柄，似乎是崩塌時一起掉下來的。上尉一邊感激這小小的幸運，一邊迅速將搭檔裝在台座部位上。

「是誰！」

他將槍口指向氣息傳來的方向，厲聲喝問。片刻之後，勉強殘存輪廓的石牆彼端傳來凜然的聲音。

「我是帝國陸軍中尉雅特麗希諾・伊格塞姆。在那裡的是堡壘部隊指揮官柯魯沙・加茲里克上尉嗎？」

上尉歪歪嘴角。彷彿看穿他的內心，雅特麗繼續道。

「請停止抵抗。你無法繼續交戰，我方對堡壘內部的鎮壓已進行到八成，大部分的士兵都投降了，現在正轉往清除瓦礫和救援傷兵。」

「…………」

「我再重複一遍，你們已無法繼續交戰。為了避免增加無謂的犧牲，請以部隊指揮官的身分表明降意。我等已經做好接受的準備。」

對方以公事公辦的口吻催他投降，加茲里克上尉也能切身感受到對方所言不假。在槍口指向的牆壁另一頭可以聽見好幾道腳步聲緩緩逼近，如果他不投降，對方打算立刻改為鎮壓吧。

上尉在絕望中咬牙切齒——狀況已陷入死路。

他深深感受到自己的不中用，但當著敵人的面不能一直沉浸在情緒裡，便任憑屈辱灼燒心房揚聲問道。

「……在那之前先說明清楚。我連發生了什麼事都不明白。為什麼堡壘會突然崩塌？為什麼我等必須落敗？」

聲音因為肋骨骨折的疼痛發悶的加茲里克上尉這麼問，就像在主動安排好接受戰敗的流程。牆另一頭的人也察覺他的意圖開口說起。

「——上尉，你知道這座堡壘正式的名稱嗎？」

「正式的……？不，這裡一直叫庫多拉崖。我不記得有人告訴過我除此之外的名稱。」

「這也難怪。由於未經歷實戰便在齊歐卡和我國之間易手，這座堡壘的來歷被人們遺忘了。不過老實說，從建造由來觀之，這裡並非所謂『普通』的堡壘。」

要做好鎮壓準備的部下們待命，雅特麗隔著牆繼續說明。

「這座堡壘的正式名稱是艾利希六十一號山間要衝。昔日由軍事建築技術師艾利希・漢簡設計建造而成的堡壘。他以一生參與建造過超過百座軍事設施聞名，這座堡壘也是他經手的作品之一。在建造之際，當時的帝國軍曾對他提出困難的條件。」

「條件……？」

「『在防禦時堅固無比，進攻時又能輕易攻略』。這要求雖然矛盾，不過是考慮到堡壘被齊歐卡軍奪走時而設的。愈頑強的堡壘，被敵人占據時將構成愈大的威脅——再加上這一帶的土地，從當時起一直被齊歐卡和我國兩方反覆攻占。在這種情形下新建的堡壘，有必要以被敵軍奪走為前提來思考設計。

若把堡壘蓋得堅固，防禦時很好，被奪走時卻會很費力。歸說這麼說，如果一開始蓋得太脆弱，堡壘又會無法承受敵軍的攻擊輕易毀壞。堅固的守備性和攻略的簡單性——被要求同時滿足根本上無法兼顧的兩個條件，漢簡依然發揮天生的才能反覆鑽研，找出不同尋常的答案。其中之一就是這座堡壘所用的『計劃性缺陷施工法』。」

「……計劃性、缺陷……」

「正如字面唸起來一樣，是在建築物裡蓄意留下『針對那處就能輕易毀掉』的弱點的方法。當然，堡壘本身基本上蓋得很結實，在不知道機關的人眼中只是座堅固的堡壘。關鍵的弱點只有少數軍方高層知情，好在將來敵軍奪走設施時針對弱點攻陷——艾利希六十一號山間要衝是基於這樣的設計思想建造而成，說來是座包含機關的堡壘。」

「……堡壘究竟有怎樣的弱點……？」

「首先，防壁的末端有密道入口。經由這條勉強可供精靈通過的狹窄捷徑，將抵達建築的基礎部分——密集設置木造橫梁的區塊，石造的堡壘唯有這個部分是刻意作成木造。因為事先保留了通風孔，你應該想像得到在這裡放火的話會發生什麼事。」

理解事情全貌的上尉發出呻吟——難怪找不到起火點，因為火勢是從比堡壘最底層更深的地方，建築物本身的基礎燒上去的。這也代表著，在那個時候已經無從挽救了。

「……提出這項作戰計畫的人是伊格塞姆派的誰？」

「在場的軍人中，知道堡壘機關的只有努達卡．梅格少校和我而已。不過，若說是誰最早挖掘出被掩埋的知識……算是我和另一個不在場的男子吧。」

雅特麗立即回答。聽到這番話，上尉皺起眉頭瞪著牆後的對手。

「……真叫人一時之間難以相信。在我所知的範圍內，應該沒有軍官掌握了計劃性缺陷施工法的存在。」

「這應該是從堡壘興建當時起便只告知少數高級軍官的機密，為了避免情報外洩，甚至嚴加禁止留下文字記錄吧。此事隨著歲月流逝被人遺忘，如今在帝國軍高層也幾乎無人知曉詳情。」

「我想也是……那為什麼，妳和那個男的會知情？」

「……契機是個偶然。我曾在帝立高級中學的圖書館看過幾本艾利希．漢簡的著作，《戰場建築論》及《地質與要衝》是知名的優秀技術書籍，但他晚年所著的《堡壘的根基》──在漢簡的著作中也常被埋沒的這本書，隱藏了驚天動地的機關。那整本書是某種密文。若依照特定的法則重新排列文章，漢簡過去設計的數座堡壘概略及弱點就會在書中浮現。」

「什──」

「這份遺產要當成玩笑之舉性質太過惡劣了。如果他在本人在世時被發現，大概將因洩漏軍事機密罪難逃極刑。他為何這麼做的動機只能用推測來分析……但漢簡本就是熱衷於追求名譽地位的人物，據說晚年十分嫉妒取代他顯露頭角的弟子們。被眾人吹捧為天才的時期已然遠去，自己漸漸成為過氣人物──他或許是無法忍受那個事實，才做出這樣不加考慮的行為。無論以什麼形式，都想用自己經手的作品在歷史上留下痕跡。」

苦澀的感情在雅特麗胸中蔓延──沒想到她本身剛剛實現了已故建築師的最後願望。若是對敵國還好，偏偏是在與帝國軍同胞交手的一戰中，可以說用最糟糕的形式留下了痕跡。

「……這便是事情發展至此的所有來龍去脈，你能夠接受嗎？」

她說明完畢後問道。數秒鐘後，加茲里克上尉臉上浮現苦笑。

「……簡單的說，我在那個老糊塗建築師死後近百年後，還被他最後的掙扎給波及了？簡直胡鬧……要我接受，太強人所難。」

「…………」

「就算我退一萬步接受這一點也一樣……發現的契機是在圖書館學習，也很令人火大。我和妳一樣年紀的時候沒得到那樣的環境，只有號稱為步兵教育的嚴苛訓練。儘管如此，光是不必挨餓，對生在貧困農家的我來說就值得慶幸……」

「……我知道。後來你在實戰中屢屢創下活躍實績，從一般兵晉升至尉級軍官地位。」

「是啊，妳說得對。但是在這段過程中，書本裡的知識從未派上用場。我總是從現場學習，親眼觀看、親手觸摸、雙腳踩踏過的東西──唯有這些是我的財富。」

胸懷從基層爬起來的軍人的驕傲，上尉握著風槍的右手猛然使力。

「通過高等軍官測驗的菁英軍官們，似乎很多都覺得我很煩人。我的意見和他們的見解常常相左，大多數的情況下，最後不得不退讓的都是我。要說我不會憤恨不平那是騙人的。

可是雷米翁上將不同。他總是積極地採納士官出身的我所提出的意見，說比起形式更應該重視本質、比起傳統更應該重視實力。我很高興──每次蒙他訓勉，我便感到彷彿有一股清風吹過胸中……因此我決定，無論結果如何，都要跟隨那位大人直到最後。」

加茲里克上尉一邊說，左手一邊伸向腰際。雅特麗仍然用僵硬的語氣呼喚。

「——上尉。請……」

「求妳從寬處置士兵們。他們只是聽從我的命令而已。」

上尉打斷她的勸說，將左手槍劍劍鋒抵住咽喉。察覺動作氣息的搭檔精靈在風槍上扭動呼喚主人的名字。

「不行啊，柯魯沙！」

「沙羅，感謝你的幫助。」

向搭檔告別之後，加茲里克上尉往握劍的手上灌注力道。從牆邊衝出來的雅特麗目睹的——是一名軍人在飛濺血花中緩緩倒下的臨終身影。

「……結果變成這樣了嗎。」

俯望同袍倒在瓦礫上的遺體，梅格少校深深地嘆了口氣。

「非常抱歉，我應該促使他活著投誠的。」

炎髮少女一臉沉痛地佇立在後方不遠處。少校沉默地搖搖頭。

「不，別介意。無論誰來交涉，結果都會相同吧……在雷米翁派的軍官中，加茲里克上尉也是份外忠誠的一人。與其被俘虜淪為談判籌碼，寧願自絕性命——他大概從一開始便抱定這番決心來參戰。」

「…………」

「雖然是距今五年以上的事，我曾和他同桌共飲過。當時周遭的傢伙全都喝得爛醉——運氣不好沒喝醉的我和他忙著照料那群醉鬼……感覺是很久以前的回憶了。」

梅格少校懷念地瞇起眼睛，但一瞬之後便打斷回憶轉身。

「……我過於感傷了。妳離開吧，雅特麗中尉。雖然痛苦，但這種情況下無法一直花費時間救助傷兵。一做好準備馬上出發。」

當少校這麼交代，雅特麗看了加茲里克上尉的遺體一眼，獻上最後的敬禮。

她轉身邁開步伐，走在跟隨的部下前頭——忽然地沒來由地呢喃。

「……並非事不關己啊。」

「咦？」

走在她背後的副官納悶地應聲。雅特麗沒放慢腳步繼續往下說。

「艾利希・漢箇以計劃性缺陷施工法建造的堡壘中，這是最後一座直到今天還在使用運作的。其他全被解體或破壞，結束了它們的任務。」

「是、是這樣嗎？」

「若是沒裝機關的普通堡壘，國內尚有漢箇建造的留下……不過，如今齊歐卡研發出叫爆炮的新兵器，導致所有要衝價值大跌。堡壘本身作為防禦戰主角的時代即將結束。」

踏著瓦礫向前走，炎髮少女思索著這件事。在本人死後仍然殘留的執著，無法通往更遙遠的未來。這麼一想，那崩塌的堡壘殘骸，等於是老建築師窮盡妄執後剩下的屍骸。

「無論創下多麼崇高的偉業，記憶終究會被歷史拋下。無論多優秀的技術、理念、思想，都注定遲早會老舊腐朽。單一的事物不可能永遠存在。」

「……」

「在這樣的無常之中，至少加茲里克上尉是期盼與現在不同的未來而死。因此，他的雙眼一定直到最後一刻都眺望著明天的方向。」

雅特麗險些說出以打碎其希望這一方的立場來說過於傲慢的感傷之語，立刻發揮自制力結束話題。

「……快走吧。閒話說太多了。」

她催促部下們加快腳步，仰望了頭頂一眼。原本被古老堡壘天花板遮蔽的遙遠藍天——目睹那片無邊無際的廣闊的瞬間，在歷史長河中被賦予不變宿命的伊格塞姆後裔有短短片刻間無濟於事地想。

期望還看不見的未來，究竟是怎樣的感覺——

＊

「呼……呼……！」「哈啊、哈啊！」

幾乎要壓垮人的黑暗中，瀰漫著嗆鼻的土壤與泥巴氣味。除了光精靈的周照燈，再沒有其他光源。

——確實什麼也沒有。甚至沒有一絲月光或星光，大地的一切全被遮蔽無法照耀此地。

在這樣完全的黑暗的角落，四名並肩而立的士兵正默默地揮舞鐵鍬。其他士兵則將他們背後堆積如山的土堆裝上手推車載走。每當挖掘進行到一定程度工兵就展開行動，架設防止坑道崩塌的樑柱。

重複的作業究竟持續了多久，誰也不記得正確數字。在漆黑的坑道中，時間的流逝也喪失一半的意義。只有逐漸累積的疲勞與飢餓感，勉強令他們切身感受到時間的存在。

「呼、呼——」「喂，等一下！停手！」

負責監督作業的士官在揮動鐵鍬的士兵背後喊道。他們沾滿泥濘黑成鍋底的臉轉頭望去，士官從手邊的圖紙抬起目光再度開口。

「……如果按照計畫進行，差不多到了。小心地往前挖。」

那一句話令士兵的眼神亮起光彩。接到小心挖掘的指令，他們揮動鐵橇的手反倒更快了。渴盼無止盡的辛苦開花結果的瞬間到來，士兵們的手臂繼續挖掘土牆——

「——啊！」

突然間，一名士兵喊出聲。刺進土裡的鐵鍬，在半途中不再遭遇抵抗力。有所預感的他先收回鐵鍬，將刃鋒擺直再度刺下去。接著換個位置再重複一遍，將土牆呈長方形挖穿。

「喔——」「嗚啊……」「啊啊……！」

洞穿的土牆另一頭射來一道光線。那一眼便能看出屬於陽光的鮮明光輝，甚至給徹底適應黑暗的士兵眼睛帶來尖銳的疼痛。

眾人面露喜色地四目交會，同時一起轉向背後的長官。

「開通了！開通了啊～！」

聽見跑回坑道的士兵吶喊，正做著相同作業的齊歐卡兵們異口同聲地歡呼喝采。回想一下，工程已持續超過半年。困在希歐雷德礦山的士兵中，沒有人不渴盼聽到這個消息。

「好耶！」「路挖通了！」「向上校報告！快！」

不需要夥伴們催促，傳令兵已經衝了出去，興奮的心情令他們忘掉疲憊。傳令兵跌跌撞撞地穿越陣地，沒多久後便抵達司令所。

「上校！報告，剛剛坑道開通了！」

彷彿來不及等對方反應，他一邊敲門一邊拉高嗓門大喊，可是不管等待多久都沒得到回應。正覺得不對勁時，路過的士兵解答了他的疑問。

「亞爾奇涅庫斯上校出去觀察敵陣，現在應該在陣地西側。」

士兵簡短地道聲謝後再度邁步飛奔。儘管累得氣喘吁吁，要傳達好消息的腳步卻沒有減慢。

不久後來到陣地西側的傳令兵，終於看見白髮將領和許多部下站在一起。他正想像剛才一樣放聲大喊「開通了！」，卻想起此處已靠近敵陣。他在千鈞一髮之際壓抑下來，緩緩地走向對方。

「上校，方才坑道——」

傳令兵正要盡可能壓低音量通報之際——忽然察覺以白髮將領為中心的軍人們正被異樣的緊張氣息包圍。

「……這是怎麼回事？」

在急性子的鳥兒已開始振翅飛翔的黎明天空下，齊歐卡陸軍上校約翰．亞爾奇涅庫斯一邊透過望遠鏡眺望敵陣，一邊喃喃地說。同袍米雅拉．銀中尉和塔茲尼亞特．哈朗上尉也神情僵硬地站在他兩側。

在約翰俯望之處，至今包圍礦山的帝國軍士兵們正組成長長的隊伍往西而去。從行動開始似乎已經過一段時間，帶頭的兵團幾乎消失在遙遠的地平線上。

「看起來……像是撤退。大多數兵力看來都從這一帶撤走了……」

米雅拉謹慎地說出意見。聽到之後，哈朗一臉嚴肅地點點頭。

「這麼一來，算是我們贏了。」

他的言外之意在說，事情大概沒有這麼簡單。約翰心裡也有同感，嘗試從眼前這幕太令人意外的光景推測原因。

「Mum……也可能是個陷阱。說不定他們是刻意解除包圍，想促使我等逃離礦山。那些部隊或許是假裝撤退，繞到我方退走時使用的路徑埋伏……」

「不是沒有可能……不過，以那個黑髮小鬼會提出的策略來說，我有些懷疑。在上次會談時，他應該完全看穿了我等執著於礦山這一點。」

哈朗抱起雙臂說道。在這裡堅持到底直到援軍抵達——是他們的方針。既然如此，就算包圍網解除了也不會拋下礦山逃走。從上次直接見面對話的感覺判斷，敵方應該也很清楚。

「若非陷阱……那是出了意外嗎？他們的後方或許發生了什麼異變。某件令人不惜放棄奪回礦山也非得立刻折返的大事。」

「這樣的話，那可是相當嚴重的異常情況吧。應該推定發生了什麼足以動搖帝國本身的事情。」

「至於……是什麼呢？」

「這個嘛，比方說——大規模的內亂。」

當白髮將領說出腦海中浮現的最有力推測，米雅拉倒抽一口氣。

「雖然不該把自國的事情撇在一邊這麼說，帝國內部的紛爭導火線很多。之前我方煽動過的席納克族也是其中之一。聽說他們被逐出大阿拉法特拉山脈後移居平地，但當然也有再度發生暴動的可能性。」

「若是如此，將很快遭到鎮壓吧。席納克族不再有我方做後盾，移居平地後連地利也喪失了。再怎麼努力，也掀不起動搖國本的動亂。」

「的確沒錯，暴動的嚴重性不足以將此地的戰力全部召回。那應該另有導火線吧。搞不好——是軍方。在他們背後動搖的，說不定是作為他們基礎的帝國軍本身。」

約翰也知道，以敵國的紛爭導火線來說，這肯定是最大的一個。帝國軍兩大派閥的對立並非最近才開始。假使那在根深柢固的裂痕下悶燒的火焰熊熊燃起，火勢會擴散到多廣——已然無法想像。

「……不，與其在這裡玩推理遊戲，首先得好好地確認一番。」

約翰霎時控制住險些輕率推測的自己。輕易做出的推理將發展成拙劣的預先判斷，拙劣的預先判斷將導致悽慘的戰敗。對方有伊庫塔·索羅克在的意識，要求白髮將領更加謹慎。

「那、那個，上校……」

有人自背後怯生生地呼喚瞪著敵陣的他。約翰終於想起帶消息過來報告的部下，暫時打斷思緒轉頭看去。

「啊，不好意思。有什麼消息報告？」

「是、是！那個，剛才坑道開通了！」

終於能傳遞消息的安心感，使報告的士兵嘴角綻開笑容。聽見消息的瞬間，他周遭的齊歐卡軍同袍一起湧上。

「太棒了！這是毫無疑問的好消息。道路的鋪設在進行中嗎？」

「是！照目前的速度，估計兩小時後就能供馬匹通行！」

「很好。一準備完畢，就先派出一個步兵班查看情況。哈朗，挑選士兵的事交給你了。」

「了解。我會挑一批速度快又謹慎的傢伙。」

收到命令的哈朗奔向陣地深處。約翰目送他的背影離開，這樣應該打出了當下最適合的一張牌。

但是──白髮將領再度透過望遠鏡觀看敵軍離去的方向。

「……這是陷阱嗎？伊庫塔．索羅克。如果是的話，我毫不猶豫地選擇不理會。但如果不是──我們說不定又得展開一場不同的戰爭。」

約翰對不在場的對象靜靜地說道。與戰略上有利與否無關的個人感情，在約翰．亞爾奇涅庫斯心中猛烈地悶燒著。即使對身為將領的立場有所自覺依然無法完全壓抑的情緒，在他心中日漸增強。

「我是軍人。如果你拘泥於內亂露出致命破綻，我不怕一刀刺在你背上──可是……」

握著望遠鏡的五指重重使力，白銀之瞳彷彿要傳遞到遙遙可見的西方地平線般流露激烈的感情。

「可以的話，別讓我看見無趣的背影。這種執著僅僅是不成熟──我自己也明白。儘管如此，我……殺你的時候，想親手從正面刺向腹部……！」

第二章

Alderamin on the Sky

三路對立

在卡托瓦納中央地帶偏東有個米歐加羅奇州。這個地區盛產無花果、石榴及木瓜等水果，此外還以保留了許多「忠義三家」統一國內勢力前的遺物——也就是軍閥時代的遺跡著稱。

這些遺物大小不一，不過若問當地居民最大規模的是什麼，人人都會異口同聲地回答是「札露露飢餓城」吧。無論從規模或隱情來說，那裡毫無疑問是全州存在感最強的建築物。由槍林般的城柵環繞，高度不一的三座尖塔外觀看來極具壓迫感，同時散發出陰森氣息。

城塞本身建造於四百多年前，至今仍能發揮城塞的功能，與其說是當時建築師的功勞，純粹是因為長年一再全面整修之故。這裡是為防國內發生緊急情況，由伊格塞姆派私下持續維護的城。

這座城塞之所以稱作「札露露飢餓城」，是取自史實上昔日統治附近地區的札露露侯爵家當家巴爾努．札露露在此迎接悽慘的死期一事。「忠義三家」統一國內勢力——正面反抗這股趨勢的他們一再戰敗，最後終於被迫選擇這座城作為墓碑。

率領僅僅六百兵力死守城內的札露露侯爵，即使陷入被萬人大軍包圍只剩投降或死兩條路可走的狀況，依然堅持不承認自己敗北。他命令士兵徹底抗戰禁止投降，下令要戰到最後一兵一卒。

然而，和盼望與自尊心共赴黃泉的侯爵相反，麾下的士兵們似乎已對君主產生厭惡。當戰敗迫在眉睫，他們才終於發現自己站錯了隊。選擇拋棄驕傲保命的士兵們暗中商量過後，決定交出侯爵換取自身的安全——當時所用的方法，成為引發慘劇的原因。

他們的手法很簡單。趁侯爵待在城堡六樓的私人房間裡時，從外面釘死房門。唯一的出入口被封，侯爵被徹底關起來，士兵們趁機高舉白旗引敵軍入城。據說三家的將領沒打破封閉的房門，站在房間前的走廊上向屋中人開口——如果你放棄所有權益服從我們，我就打開這扇門。

札露露侯爵大發雷霆，駁斥了那侮辱性的勸降。三家的將領既不再三勸說也不破壞房門，連同屋中人一併冷漠地棄置不顧——那便是侯爵面臨的死法。

室內保存了飲用水，反倒使得痛苦更加延長。侯爵在超過一個月的時間內緩緩乾枯。唯一通往外面的窗戶在六層樓高空也無法當成逃脫路徑，能傳出來的只有痛苦和怨恨的呻吟聲。

在封鎖房間三十六天後，因為室內不再傳出任何聲響，三家的將領終於打破房門。接下來的傳聞眾說紛紜——最有名的說法，是侯爵的遺體兩臂的肉被削得露出白骨，據說是他太過飢餓自己吃掉的。

因為發生過這種慘劇，米歐加羅奇州的城堡獲得「札露露飢餓城」這個諡號。與城堡有關的靈異故事多不勝數，六樓窗戶每晚傳來的呻吟聲、雙手化為白骨，在走廊上徘徊的老人——種類五花八門。有些膽小的士兵，一得知要來這裡上任就嚇得大哭大叫。

「好了~接下來該怎麼做？」

但是此刻，化為血腥慘劇舞台的飢餓城六樓「監禁室」裡，卻有兩名毫不搭理這種傳聞的軍人安坐於此。頭高高仰著雙腳架在桌子上，約倫札夫．伊格塞姆名譽上將保持傲慢的坐姿開口。

「帝都邦哈塔爾和中央軍事基地——應該說中央顯眼的軍事設施幾乎都被雷米翁派占據，還俐落地封鎖了幹道，現在想跟各州的伊格塞姆派勢力會合也變得困難。這可是孤立無援啊。」

和所說的內容相反，「獨臂的伊格塞姆」的口氣就像覺得有趣似的。另一方面，站在室內唯一一扇窗戶前的帝國軍元帥索爾維納雷斯·伊格塞姆直盯窗外如岩石般保持沉默。

「唉，也不光只有壞消息。元帥本人平安逃離險境，帶來四千餘名兵卒，雖然地方破破爛爛的，甚至確保了據點。從反撲的出發點來看算是及格。」

「…………」

「這麼一來，開頭的問題在於皇帝陛下。我等能當多久的政府軍？」

當約倫札夫上將說到這裡，伊格塞姆元帥首度打破沉默。

「——不。根據帝國法規定，在叛亂導致軍權不當移轉背景下發出的敕令，沒有權限推翻先前的敕令。因此，無論今後有沒有敕令，我等作為政府軍的立場都不會變。」

「法律上是這樣沒錯，不過，敕令現在還能發出吧？玉音放送也一樣。要動搖那些不是法律學者的傢伙，只要一句話就足夠了。」

始終講求實際地拓展思路，炎髮老將領架在桌上的雙腳換了個邊。

「但這樣的話，我反倒不能理解——為什麼還沒發生？」

「…………」

「假使我是泰爾辛哈那小子，就算勒著陛下的脖子也會要他馬上頒發敕令，『由泰爾辛哈·雷米翁代替索爾維納雷斯．伊格塞姆接任帝國軍最高指揮官』。不管有沒有法律根據，陛下的金口玉言肯定沒錯。用來刺激那些想假扮憂國之士的傢伙綽綽有餘。」

毫無顧慮地說出大膽的看法，約倫札夫上將哼了一聲。

「如果拿得出來，這局面任誰都會毫不猶豫地拿出來，現在卻沒有，代表那邊正遇到無法發敕令的狀況……雷米翁派怎麼對待陛下？總不會想根除皇族施行完全軍政吧。」

這個時期就這麼幹太心急了——老將脫口說出依照解讀方式而定十分危險的言論，但他本人只不過是站在敵方的立場展開思路罷了。正因為很了解這一點，伊格塞姆元帥沒有插進一句抱怨繼續對話。

「或者是陛下本身的問題。」

「對了，陛下從很久以前起就一直性命垂危，身體不適到沒辦法頒發敕令也很有可能——喂，傑歐！卡托瓦納帝國的現任皇帝是誰？」

和主人並排坐在椅子扶手上的火精靈馬上回答。

「阿爾夏庫爾特．奇朵拉．卡托沃瑪尼尼克。」

「——喔？至少現在在手續上還活著嘛。」

沒特別露出安心的神色，老將沿著椅子靠背挺直背脊。

如果皇帝駕崩，依慣例搭檔精靈在送終之後要廣為向全帝國國民通知皇帝的死訊。這時候使用的方法是「玉音放送」——由帝國內的所有精靈一起說出相同話語這種奇蹟般的招數。這個方法也能用來頒發敕令，其超常性也是帝國王權神授說的根據所在。

駕崩後的玉音放送有可能被延後，但帝國內的精靈另外即時共享「現任皇帝是誰」的知識。這代表著，在擔任皇帝搭檔的精靈見證皇帝死亡的瞬間，其他所有精靈也會得知那個事實。依照帝國法律制度，現任皇帝死亡的同時，當時皇位繼承權順位最高者即被視為新任皇帝。

所以──如果皇帝已經駕崩，精靈見證了他的死亡，剛才約倫札夫上將的問題得到的答案不可能是「阿爾夏庫爾特．奇朵拉．卡托沃瑪尼尼克」。

「不過嚴格說來，只要隔離搭檔精靈，想隱瞞陛下的死也是可能的……這麼做本身是重罪，現在雷米翁派沒有理由要幹。如果皇帝死了，馬上把皇位繼承權順位最高的皇族拱為新皇帝就行了。

第一皇子在他們手上吧？」

「幾乎可以確定。按照現狀有可能逃出雷米翁派掌握的皇族，只有滯留在南域沙雷吉塔州的二皇子殿下及在舊東域席巴上將麾下的第三公主殿下兩人。」

「第二皇子是無可奈何，沒從東域叫回第三公主算是失誤吧？雅特麗希諾他們正往這邊趕過來吧？」

「不。讓皇族加入急行軍，移動時有迴避風險的必要性，結果將延遲抵達時間。我等要求的當務之急是盡快統整戰力。」

「……說得也對。這個狀況下，比起第三公主，要士兵們以最快速度折返更加重要。如果一直沒召他回來，席巴那小子大概打算直到最後都靜觀事態發展。把第三公主託付給他說不定是上策。」

老將理解地頷首。比起勉強叫回來增添不確定因素，應該讓灰色勢力繼續保持灰色——這是伊格塞姆元帥的基本方針。基於同樣的理由，他也不向海軍尋求支援。

「……回到正題。無論如何，我想不通雷米翁派為何不發出敕令。設想得到的原因有只有兩個。皇帝陛下病危到無法下敕令，或是雷米翁派根本沒掌握陛下——」

「…………」

「要說是哪一種，我覺得後者比較可疑。根據我的感覺，這幾天雷米翁派的行動缺乏自信。假設真的保護了陛下，更加強硬地出擊不是更好？而非像那樣遠遠地監視著。」

約倫札夫上將說著指向敞開的房門另一頭。越過走廊上的窗戶，雷米翁的一支部隊散開封鎖通往西邊幹道的情景一覽無遺。然而他們並未做攻城準備，看來只是在阻攔兼監視不讓固守城內的伊格塞姆派和援軍會合。

「不管怎樣，接下來握有皇族將具備重大意義。皇帝陛下或第一皇子殿下——只要保住其中一方，說不定便能一口氣逆轉到對等的立場。」

約倫札夫上將揚起嘴角，彷彿反倒很享受現狀的劣勢。

「……話說回來，那些傢伙完全沒派兵把守城東。他們認定若有援軍會從西邊過來——兵力會合只限於來自帝國內？」

「可以推測從庫多拉崖起到東邊希歐雷德礦山為止的行軍路線各處都有大量雷米翁派部隊駐留，他們多半判斷這樣對東側的防禦夠用了。」

「哈哈！伊格塞姆派也被看扁啦！」

老將拍著膝蓋大笑。從面朝東側的窗戶向外眺望，伊格塞姆元帥也頷首。

「——正是。」

他的目光前方，映出越過地平線疾馳而來的友軍身影。

直到她們用最大速度進城為止，就結果來說並未發生戰鬥。理由其中之一是來自反方向的援軍出乎只顧著防備西側幹道的雷米翁派軍隊意料，另一個理由——則是經過十五天內走完一千餘公里的超出常識急行軍後，二千兵力幾乎毫髮無損帶來的壓迫感。

「陸軍中尉雅特麗希諾．伊格塞姆歸返。」

自帝國中央爆發軍事政變起第十八天的上午十一點過後，將所有士兵送入城柵之內，確認一個也沒漏掉後，雅特麗和部隊指揮官梅格少校一同向伊格塞姆元帥作歸返報告。

「比起預測的更快嘛。好久不見，雅特麗希諾，了不起啊。」

雅特麗未露驚訝之色，平靜地回應和元帥並肩而立的「另一位」伊格塞姆的問候。

「承蒙誇讚實在不敢當。不過，理當慰勞的對象是梅格少校，約倫札夫名譽上將。」

「明明交代過別用軍階稱呼叔公的！你們父女簡直像得過火，混帳！」

向誇張地嘆息的叔公行禮後，炎髮少女目光轉向站在旁邊的父親。

「——元帥閣下，可以請教軍事政變的變化以及現狀嗎？」

「以雷米翁派勢力鎮壓帝都邦哈塔爾及占領中央軍事基地為開端，帝國中央地帶的軍事設施全被此勢力占據，並處處封鎖幹道，導致我方與地方友軍的勢力失去聯絡。聚集在這座城裡的兵力加上援軍共有六千餘人，相對的雷米翁派則有超過兩萬兵力參加叛亂。總的來說，戰況是我方屈居劣勢。」

元帥淡淡地回答。無論從內容或口氣來看，都絲毫不像親子之間該有的對話。一旁的梅格少校屏息看著兩名伊格塞姆如鋼鐵般的互動。

「雅特麗希諾中尉，從此刻起，我任命妳晉升為少校及中校待遇官。」

「遵命。」

即使被突然宣布升官，雅特麗也並未感到困惑。在逆境中應該以身作則當模範的現役伊格塞姆，在這種狀況下軍階僅到尉級軍官不成體統。在撤回的途中，她也想到過這次大概有必要加快升職的步調。

「努達卡．梅格少校。」

「在！」

「我想任命你作為參謀輔佐雅特麗希諾中校待遇官。你可有異議？」

聽元帥鄭重地問，梅格少校沉默半晌後臉上浮現乾笑搖搖頭。

「……即使迅速突破庫多拉崖，我估計從希歐雷德礦山到這裡的路程最少需要走十八天。成功將時間縮短到十五天的人……是令嬡，而且還沒額外損失兵力。約倫札夫上將的慰勞並沒有給錯人。」

聽到梅格少校這番如同投降宣言般的台詞，老將領一派理所當然地哼了一聲。伊格塞姆元帥點點頭繼續道。

「——所有校級以上軍官到城堡六樓的司令室集合，召開軍事會議。」

*

四方城門封鎖，催促大多數居民在家裡等候，如今帝都邦哈塔爾實際上等於是戒嚴狀態。空無一人的街道令人難以相信平常的熱鬧，取代過去的腐敗貴族成為臨時政府的雷米翁派軍人——則鎮座在街道深處的宮殿裡。

「……為什麼……」

有名匠壁畫環繞圓桌的華麗會議室——本是用來商討行政議題的地方，但肩負這項重任的貴族們已被逐出人世。和副官兩人單獨待在這充滿浮華排場的空間裡，泰爾辛哈．雷米翁上將傷透腦筋。

「……為什麼計劃和現實相差這麼多……！」

他呻吟出聲。從軍事政變開始到現在，出乎意料的麻煩太多了。

首先，是應該在中央軍事基地最先擒住的索爾維納雷斯．伊格塞姆元帥的動向。他率領四千兵力逃離基地後，勉強甩掉雷米翁派的追擊，死守在米歐加羅奇州的「札露露飢餓城」。

對雷米翁上將來說，這個時候現實與計劃的誤差已十分嚴重。為了抓住伊格塞姆元帥一人，他派出超過一個連風槍兵的人力。在編組部隊時對士兵精挑細選，指揮官也起用實力值得信賴的老手薩爾·庫亞倫上校，他自認撒下了擁有地表最強的劍術也不可能突破的天羅地網——然而……

「約倫札夫老將……退伍已久的『獨臂伊格塞姆』，偏偏在這個節骨眼拜訪基地，只能說是惡劣的玩笑。我等本來只打算驅趕一頭獅子，卻有完全不知道其存在的第二頭跳了進來！」

第二名伊格塞姆。可以說是徹底顛覆雷米翁上將計劃的究極鬼牌。沒什麼對策不對策可言。年過七十的老人至今指揮能力尚在，連劍術也和往年沒變，仍然是以一擋百的威脅——世上有人能料到這麼荒謬的事情嗎？

「……就算這樣，我也非得料中不可。因為我是將領。這正是我的責任。到頭來，庫亞倫他們是因為我指揮失當才送命……」

「上將閣下，請冷靜點……」

「不單如此。索爾逃離基地後的目的地——居然是『札露露飢餓城』？怎麼可能！不是中央第二基地或第三基地，而是四百年前建造的發霉城塞！就算當成史跡遺留下來，也不可能保有軍事層面耐用的強度！」

打斷副官的勸慰，翠眸的將領咬牙切齒。這一點真真切切是伊格塞姆派對雷米翁上將企圖的防備技高一籌。城堡的維修工程肯定是在未告知雷米翁派意圖何在的情況下長期暗中進行。中央軍事基地在軍事政變中被占據，周邊基地也預先安排好不讓他逃進去——伊格塞姆元帥先預料到了這麼多。

「索爾現在依然帶著四千兵力領導伊格塞姆派。帶著這麼多人在城塞內死守，想強行擊垮他們變得很困難……」

理論上來說，只要將雷米翁派全數兵力投入攻城，要攻下飢餓城並非不可能之事。不過，想達成這點必須召來派往鎮壓中央各基地及帝都邦哈塔爾、封鎖幹道各處的兵力。這麼一來，察覺異變的地方伊格塞姆派勢力必將趕到元帥身邊，輕易搶回防禦變薄弱的基地和帝都。

「雷米翁派和伊格塞姆派的勢力在兵力人數上幾乎不相上下……正面打起總體戰的那一天，結束之後那才會寸草不留。這樣的話，高興的豈非只有漁翁得利的齊歐卡？現在怎麼可能容許我輕易動用蠻力硬幹……！」

肩負國家未來的重擔，甚至令上將有全身骨骼被壓得喀喀作響的錯覺……但是，伊格塞姆元帥同樣想避免沒有成果的總體戰。那麼軍事政變局面接下來將轉向以彼此的武力為背景展開談判，與爭奪談判籌碼的對戰。

「要提出有利的談判籌碼，促使伊格塞姆派投降……最有效的一步棋，便是皇帝陛下頒發敕令承認我等為政府軍。這樣我等便能得到正當理由，將失敗感灌輸給淪落為叛黨的伊格塞姆派。」

伊格塞姆派高昂的士氣出自於「我等才是政府軍」的自負。上將本來打算先用第一道敕令加以動搖，再簇擁不遠的未來將會登基的第一皇子以「玉音放送」發表擁護雷米翁派的演講作為追擊。

這樣喪失精神後盾的伊格塞姆派鬥志應該會一下子消沉下去。

「偏偏……偏偏托里斯奈卻！你、你……把陛下藏到哪裡去了！」

喊出不在場的仇敵之名，雷米翁上將雙手重重敲在眼前的圓桌上。繼未能擒住伊格塞姆元帥之後，這才是第二個——在他眼中最大的失算。

軍事政變剛剛爆發之後，他親自前往執行保護皇帝的最優先目標。對照來自所有管道的情報，雷米翁上將深信皇帝那一天和宰相托里斯奈一起留在禁中。

當然，光是間接的確認稱不上萬無一失。因此他十分謹慎用心，從發動的數天前起便派密探潛入宮殿內部。密探的定期聯絡沒有任何異狀，直到前一晚為止，確實確認過皇帝和托里斯奈人都在宮殿裡。

然而當雷米翁上將等人破門闖進臥房時，裡面卻空無一人。後來他們搜過禁中每一個角落，找到幾間例行的密室，卻全部落空。皇帝和宰相如同煙霧一般消失無蹤。

……不，正確地說有所發現。在二樓的房間裡，找到一個穿了一身象徵最高階文官的卡其色華服，長相和托里斯奈十分酷似的人。雷米翁上將不得不承認，密探查探到的托里斯奈是替身，被那老狐狸給搶先下手了。

「找不到陛下也沒辦法發敕令……只要政府沒發出支持雷米翁派的敕令，伊格塞姆派將基於身為政府軍的自負常保士氣吧。這場軍事政變正漸漸陷入最糟糕的泥淖……」

「……上將閣下。」

「該怎麼辦才好……我、我必須想出辦法。是我將眾多兵卒拖下水分裂國家，所有的責任都在我身上……！」

「閣下！」

強烈的衝擊突然襲擊陷入自責迴圈的翠眸將領雙頰。雷米翁上將錯愕地一僵，兩手掌心夾住他的臉龐，熟悉的女性臉孔近在眼前。

「……露西卡中校……」

「清醒過來了？」

她蘊含銳利光芒的細長雙眸直視雷米翁上將的翠眸。大膽介入他思考途中的，是副官露西卡・庫爾滋庫中校。她是位散發伶俐氣質的年近四十女軍官，一部分愛說長論短的部下給她起了「冰之女」這個綽號。

「這可不是自責的時候，泰爾辛哈・雷米翁上將閣下。現在應該追究的不是責任歸屬，而是打破困境的實際策略。如果無法帶來結果，掙扎和苦惱都沒有意義可言。您明白嗎？」

「……嗯、嗯……」

「很好。那麼以後，往常的『是我的錯』請封印起來。這樣是浪費時間。」

冷冷地斷言後，露西卡中校收回夾住長官臉龐的雙手。左右臉頰隱隱刺痛，雷米翁上將終於體會到自己剛才的思路很不健康。

「……謝謝妳，中校。多虧這一下讓我回過神了。看來我在妳面前丟臉了啊。」

原來顯出本色的口吻恢復威嚴，翠眸將領向副官道謝。

「無妨。從在這個房間兩人獨處開始，我就預料到會發生這種情況。」

聽露西卡中校毫不顧忌地說道，上將忍不住面露苦笑。兩人不是最近才開始相處的，唯獨這一面想遮掩也沒法遮掩。打從以前起，將陷入無益思考中的他拉回現實就是這位副官的工作。

「沒什麼好難為情的。上將謹慎和纖細的思路就像是一體兩面，優點也會有相對應的缺點。接下來只不過是如何因應的問題。」

「我很感謝有妳當頭棒喝，雖然方法總是有點嚴厲。」

「如果想找人溫柔地叫醒您，那拜託夫人就好。不過為了回到心心念念的家園，必須先解決眼前的麻煩事。」

隨著副官帶諷刺的鼓勵找回平常心，雷米翁上將重新面對眼前的問題。

「……好好思考。索爾和皇帝都不在手中，在失去好牌的不利狀態下，我等該如何行動？」

「方針大致有兩項。在缺少好牌的劣勢下尋求勝道，或是再度去拿上次錯過的好牌。」

「如今想擒住索爾，在避免決戰的前提下近乎不可能。再來是皇帝陛下……假設他在伊格塞姆派手中，那條件幾乎相同。」

「那麼，首先必須釐清這一點。」

露西卡中校淡淡地說。翠眸將領也嚴肅地頷首。

「……刺探一番嗎？如果要求會談，索爾會答應嗎？」

「可能性很高。我們雙方都想刺探對手的內情。」

被逼到困境的絕非只有我方——這麼理解中校的發言，雷米翁上將開始縮小下一步行動的選項。

但那一瞬間，會議室門外傳來激烈的敲門聲。

「屬下是奇涅里戈上尉！上將，有消息報告！」

「進來！」

上將允許後，奇涅里戈上尉衝入室內報告起來。

「固守城內的敵軍獲得來自東方的增援！兵力為兩千餘人！監視的部隊由於擔心飢餓城的勢力夾擊，未能阻止其與友軍會合！」

「……來自東邊。」

他帶來的壞消息，令翠眸將領將牙齒咬得喀喀作響。露西卡中校側眼擔心地看過來，但上將也自負是統帥一軍之人，並未一再出醜倉皇失措。

「這個時候抵達，代表是在希歐雷德礦山接獲軍事政變爆發的消息後，穿越庫多拉崖以最快速度最短距離折返。何況是兩千人——幾乎相當於先前推估會召回的伊格塞姆派兵力總數。居然在途中毫無耗損——我的估算樂觀過了頭。」

用最後一句話痛毆自己一拳，雷米翁上將完成現狀分析。

「這樣死守飢餓城的勢力增加至六千人，足以持續固守城塞同時派出大規模分遣隊……終於沒有餘地從容不迫地準備下去了。」

「……是的。請盡快下決定，上將閣下。」

副官的聲音催促著。兩名部下嚴肅的目光中，翠眸將領擬定了下一步棋。

*

同日傍晚，伊格塞姆元帥不假思索便同意了雷米翁上將舉行會談的提議。正如露西卡中校預測，雙方想刺探對手內情的意圖是一致的。

透過傳令兵幾度交涉後，雙方同意的會談舉行地點是位於中央第三軍事基地與飢餓城中間點的歐魯馬歐伊原野中央。那裡的地形可將東西南北數十公里一覽無遺，對於伏兵等陷阱不用抱著太大的戒心。

「……好久不見，伊格塞姆元帥。」

在一如預期般烏雲籠罩的天空下，兩名將領在彼此率領的一營騎兵最前頭，相隔許久後再次會面。

「歸順吧，雷米翁上將。你的作為並非救國，只是分裂國家。」

伊格塞姆元帥站在帝國軍最高司令官此一堅定不移的立場告訴謀反者。雷米翁上將也沒有畏縮，正面回瞪著對手。

「……第一句話就說這個？你的想法還是老樣子，寸步不離軍規框架。」

「正是。唯有在國家體制制定的規律範疇內，軍人才獲准行使武力。你的行動跨越了這道疆界。」

「想叫我叛徒就叫！總比坐視國家滅亡的看門狗好上幾倍！」

翠眸將領咆哮。明知道沒有意義，他仍忍不住訴說自己秉持的道義。

「你應該也明白才是！照這樣下去放任貴族們執政，帝國也不會有未來！為私欲而非戰略、為私益而非國益調派軍隊的傢伙，怎有資格立於萬民之上！地獄大鍋鍋底才是適合那些傢伙待的地方！」

「那只不過是你的個人意見。軍人勿語政治。」

「個人意見……？眼見這種狀況，你還認為這只是我的個人意見？仔細看清楚！過去曾是你部下的帝國兵，不是有半數認同我掀起了軍事政變嗎！你所說的軍事正道，才是早在許久以前便淪為形式化的空架子！我們揭竿而起正是大義！」

「並非如此。」

元帥用如凍結鋼鐵般的一句話駁斥了雷米翁上將熱切的主張。

「軍人為了匡正世道而起，是越份稱王的發端。沒有法律根據獲取的君主立場，不久後將被同樣的僭王篡奪。這種爭奪常態化的時代才是亂世。你得知道，你正要開這個頭。」

「不對！我起兵為了追求和平的時代！而今負責執政的貴族腐敗至極，你認為應該由誰來替政治掌舵？民眾在真正意義上信賴的對象是誰？那還用說，不是只有我們軍人嗎！這已是消去法！靠有能力的我們來領導、拯救國家是唯一的路！」

「不。軍人為了拯救國家免於毀滅而動亂，反倒將加速滅亡。主動卸下法律項圈的武力，再也無法得到真正意義的管制。於是動亂最後摧毀國家，亡國後的世間被混沌和無秩序統治，只能恆久等待下一個秩序建立。一百年、兩百年或三百年，過去帝國花了比這更長的時間脫離亂世。」

「不採取任何對策坐視現況不顧才是導致那種結果的最糟選擇吧！無須擔心亂世的到來，腐敗盡頭的滅亡已經迫近不久後的將來！究竟要由誰來迴避這個危機？」

「該處理執政問題的只有正統的執政者，而不是你。」

那個回答令雷米翁上將忍不住一手摀住額頭。

「……事到如今，你還對貴族抱著期待？或者是當今陛下？難道你認為被老狐狸徹頭徹尾蒙騙的陛下，明天會清醒過來正確地領導國家？——別開玩笑了。我所認識的你，絕不是個不切實際的人。」

雷米翁上將深深頷首，像呻吟似的繼續說道。

「讓我聽聽你的聲音，索爾……不是作為伊格塞姆，而是以我的朋友的身分。」

思索的沉默落在兩名將領之間。相隔許久之後，伊格塞姆元帥再度開口。

「——假使，絕對躲避不開的滅亡在不遠的將來等待著我國。」

「…………」

「賦予我等的使命只有一個。一直守衛國家直到滅亡的那天為止。」

這個回答突顯出恆亙在兩名男子之間，絕無法跨越的峽谷。

翠眸將領希望——無論如何都要拯救國家免於迫在眉睫的滅亡。

炎髮將領立誓——直到迎來滅亡的那天為止，無論發生任何事都要保衛國家。

兩人的道路無比接近，卻又像漸近線那般絕不交會。

「……這是你的回答啊。」

雷米翁上將以喪失感情的聲音說道……這樣的問答直至今日重複過許多次，他打從一開始便清楚對方會怎麼答覆。對於自己明知道卻忍不住要問的軟弱，上將感到無從壓抑的憤怒。

「夠了——和朋友的談話結束了。接下來是敵人之間的會談。」

炎髮將領嚴肅地接下翠眸將領凌厲的目光。雙方不約而同地正要說出將彼此看作敵對關係的第一句話——那個瞬間，卻出乎意料地被自東邊馳騁而來的騎士打斷。

「元、元帥閣下！緊急報告！」

「何事？」

繞過隊列來到前頭的傳令兵注意不讓眼前的雷米翁上將聽見，壓低音量悄悄告訴元帥。

「……有大軍從東方逼近。裝備屬於帝國軍，但數量將近一萬。推測應該是負責攻略希歐雷德礦山部隊的幾乎全部兵力……！」

元帥聽說後臉上沒露出一絲動搖，默默思索過後目光轉回雷米翁上將。

「——我要求中斷會談。」

「什麼？」

「我接獲東方有大軍逼近的報告。部隊裝備屬於帝國軍，但並非由我下令歸來的。這是你的安排嗎？雷米翁上將。」

和眼前的男子不同，被這麼問起的翠眸將領難掩動搖之色。從他臉上肌肉抽搐的反應來看，伊格塞姆元帥判斷這個狀況對雙方來說都是意外。

「我等要徹退了。等釐清新勢力的歸屬後再重啟會談。」

「……我、我方沒有異議。」

雷米翁上將神情苦澀地點點頭，雙方部隊就此分別開始往西及東移動。但即使折返大本營的途中，這出乎意料時機的暫停都使上將難以處理混亂的思緒。

「怎麼回事……庫巴爾哈・席巴少將，你不是決定袖手旁觀嗎？」

同一時間，因為超出料想外的事態陷入一團混亂的飢餓城中，唯獨一名少女平靜地佇立著。

「——是嗎。你來了。」

越過城堡窗戶望向東方地平線，可以看見組成數列漫長梯隊的大軍。軍裝雖然屬於帝國軍，在軍事政變造成國家分裂的現狀下，其歸屬與目的都不明確。

既然如此，他們的出現將對帝國內不分派系的所有勢力造成衝擊。

「雅、雅特麗希諾中校，那是……！」

「冷靜點，沒什麼好吃驚的。」

她以沉穩的語氣勸戒慌張的部下——沒錯，只有她知道。不，是無須通知也能領悟到，新的部隊是為了什麼理由出現，接下來打算做什麼。炎髮少女在徹底察知對方立場和目的的前提上接受大軍的到來。

「言出必行，你就是這樣的人。」

＊

自軍事政變爆發後第二十天午後，自東方出現的新勢力發現飢餓城駐紮著大批兵力後，拉開距離到米歐加羅奇州偏北建立臨時陣地。接著在當天之內，伊格塞姆派與雷米翁派分別收到指名找最高司令官舉行三方會談的邀請。提出人名義是庫巴爾哈・席巴少將。

元帥和上將都沒有理由不同意。第三勢力加入哪一方的陣營，可能是決定軍事政變未來的決定性因素。為了贏得兵力優勢，他們無論如何都必須招攬庫巴爾哈・席巴加入。

隔天早晨，那個時刻到了。考慮到三方勢力的位置關係，第二次的會談地點移動到歐魯馬歐伊原野東北部。天氣依然是陰天。上空氣流強勁，一小時後天氣會放晴還是惡化誰也難以預測。

「…………」「——」

和昨天一樣，伊格塞姆元帥和雷米翁上將率領一營騎兵抵達會場。但互看一眼之後，他們一句話也沒說。兩人暫時不互相刺探想法，將關注集中在後到的對手身上。

等待的時間比想像中久。兩名大將抵達二十分鐘後，最後的部隊終於在地平線上出現。不知道是沒意識到自己出發晚了，還是在知情的前提下進行心理戰——騎兵奔馳的速度慢得令人心焦。

「看來我遲到了一會，失禮。」

庫巴爾哈·席巴少將騎在馬上從隊列中間現身。相對於口中的賠禮，他的舉止威嚴大氣，不知為何神情爽朗，與兩個月前判若兩人。

雖然對印象的變化感到訝異，翠眸將領與炎髮將領目光銳利地瞪著對手。

「我並未對希歐雷德礦山下達歸返命令。說明你如此判斷的理由，席巴少將。」

伊格塞姆元帥第一句話便詢問。席巴少將立刻搖搖頭。

「元帥閣下，很遺憾，下官沒有立場回答這個問題。如今我不過是一介隨團參謀長。」

「我沒下達過這樣的委任令。你至今依然是礦山攻略軍的司令長官。」

「那支部隊解散了，如今我不再是什麼司令長官啦。」

席巴少將始終態度傲慢地回應，但諷刺的是，這樣的態度對兩名將領而言並不陌生。無論任何時候都挺起胸膛毫不謙遜，面對軍階更高的人也不露怯色頂撞回去——如果時光倒轉約二十年，往年的他的確是這種性格。

「……你的目的是什麼？席巴少將。在這個時機介入我們之間，你想做什麼？」

對令人費解的似曾相識感眨眨眼，雷米翁上將也直接地問。就算要拉進我軍之內，不先弄清楚對手的意圖也談不到一起。

「答案是一樣的，上將。我沒有立場回答這個問題。」

「這是什麼意思！」

「因為在這個場合有資格做主體性發言的，僅限於各勢力的最高司令官。」

席巴少將說著一拉韁繩，像要讓路般側身讓開原本所站立的位置。兩名人物從在後方待命的騎兵隊列上前來到空出的空間，一方是表情僵硬的翠眸青年，另一方則是以不穩定的動作駕馭著馬匹的黑髮少年。

「駕駕——喂，不是那邊。往前走、往前。」

笨拙地安撫不肯筆直前進的馬，少年總算來到兩名將領面前。

「呼～能順利抵達真是太好了……啊，午安，元帥閣下、上將閣下。我等是帝國陸軍獨立全域鎮台『旭日團』，我是總司令官伊庫塔．桑克雷。旁邊這位是我的幕僚托爾威．雷米翁中尉。今天請多指教。」

當他嘿嘿傻笑地說出口的瞬間，雷米翁上將臉部肌肉一口氣抽搐起來。

「伊庫塔……桑克雷？」

上將以說出禁語般的嚴肅態度低語絕對無法忘懷的名字。在那片刻，連兒子的存在都從他視野中消失。

經過沉重的沉默後，蘊含近乎殺意感情的翠眸依序直視黑髮少年與席巴少將。

「你等以為這是個好笑的笑話？」

「咦，不行嗎？席巴少將笑得很開懷啊。」

「住口！」

上將大喝一聲打斷少年悠然的言行舉止。他吊起眼角面露怒色。

「那個是我從前失去的最好朋友的名字……！不是給像你這樣的小鬼開玩笑用的！」

雷米翁上將流露真實感情表明強烈的不快——但伊庫塔沒被氣勢壓倒也沒回嘴，反倒浮現複雜的微笑。

「你到現在還稱那個人是朋友啊……嗯，這裡姑且該高興吧。」

「你……！還沒學乖又胡言亂——」「那個徽章。」

元帥的發言蓋過還要爭辯的上將話頭。把困惑的上將撇在一邊，炎髮將領鮮紅的雙眸凝視著在少年胸膛閃閃發光的太陽徽章。

「沒想到居然留到今天……你憑著旭日之證繼承了父親的部隊？」

「索爾？連你都在說什麼……」

「就是這麼回事。因此現在，他們的最高司令官是我。」

少年看看背後的士兵們說道。在極度混亂之後，雷米翁上將從他和元帥的對話中漸漸察覺自己不知情的事實。

「等、等等……索爾，等等……！難道、難道真的是——」

「他的身世沒有造假。那名少年確然無疑是帝國陸軍前上將巴達・桑克雷之子。」

發自元帥之口的台詞破壞力足以將上將的思考掃得一乾二淨。翠眸將領愕然地瞪大雙眼，想不出該接什麼話呆立不動。承接這段空白的是伊格塞姆元帥。

「不過，也僅止於此。『旭日團』的指揮權並非世襲制。徽章在緊急時期的召集權限也只在包含於帝國陸軍指揮系統內時才得到承認。」

元帥以堅定不移的態度裁定。伊庫塔聽到後也坦率地點點頭。

「……當然。」

「因此，伊庫塔・桑克雷中尉。你不可能是正統的最高司令官，也不許將運用的兵力冠上『旭日團』之名。要清楚你的立場如今依舊只不過是一介尉級軍官。」

「是的，我隨時都能回歸那個立場。只要先達成目的。」

少年厚臉皮地回應。元帥的視線調離他身上，再度注視著席巴少將。

「我命令帝國陸軍少將庫巴爾哈・席巴回歸軍人的職責，歸順正統的指揮系統。」

「我拒絕，元帥閣下。因為我這個人無論今昔，都決定朝光明的方向前進。」

他回答得毫不猶疑。回過神的雷米翁上將代替元帥開口。

「……在撼動國家的動亂中，將繼承名將血緣的少年奉為神主牌建立新的霸權——那便是你期望的光明之路嗎？席巴少將。一陣子沒見，你的思考程度退後了五百年啊。」

「上將，我先前再三說明過，我只不過是一介參謀長。關於光明之路是什麼，還請詢問眼前的團長。」

「你忘了何謂羞恥心嗎？庫巴爾哈．席巴。無論出生背景如何，你企圖要連自己一半歲數都不到的少年背負叛亂大罪？在作為軍人之前，這樣已背離人道！」

辛辣的指責，席巴少將猛然瞪大雙眼。

「胡謅——羞恥心早在很久以前就被我喝乾了！自從我等的太陽被當成獻給奸臣們的活祭品那一刻起！和對自己無力阻止的絕望一起吞下肚！」

自腹部深處迸發的咆哮震盪周遭一帶的空氣。伊庫塔一手輕輕制止渾身充滿怒氣的少將，接過話頭往下說。

「上將閣下、元帥閣下，無論兩位怎麼說，自舊東域歸來的八千人實質上的最高司令官是我。要斥責席巴少將也無所謂，但我覺得這種事還是等時間充裕的時候再做比較聰明。畢竟狀況那麼糟糕。」

「……你是認真的嗎，小子。軍階不過中尉階級，年紀也不滿二十歲的你，想和我們對等交談？」

「對等？太悠哉了吧。我是來掌握主導權的。」

當場拋下僅僅披在身上的禮貌外衣，少年像要正面提出挑戰般毫不顧忌地宣言。他不再等候對手接受，單方面地拉開舌戰序幕。

「……現階段我所知道的，是這次的軍事政變一點也不順利。應該最先拘禁的伊格塞姆元帥好好的在那邊，使叛亂正當化的敕令至今沒有頒發跡象。伊格塞姆派統率的勢力固守在『札露露飢餓城』，將兵力派遣至各地的雷米翁派，光靠武力蠻幹已無法攻陷對手。我判斷這算是明顯的泥淖狀態。」

毫無顧忌的洞察與無話反駁的事實，令雷米翁上將撇撇嘴。伊庫塔逐一觀察對方的反應往下說道。

「儘管如此，看得出雷米翁派仍完成了對中央各基地的鎮壓與幹道封鎖。如果地方的伊格塞姆派部隊前來會合，飢餓城的勢力可會暴增到不止這個程度。儘管在現階段，我也覺得初期行動錯失不少良機……」

少年邊說邊不經意地觀察伊格塞姆元帥的表情。他的臉如同面具般沒有表情，看不出感情的變化。要從這人身上得到情報很費勁啊，伊庫塔在心中苦笑。

「無論如何，重要的是雙方都缺乏關鍵王牌，因此戰況膠著。兩位大概很不甘心，不過對介入局勢的我們而言正好方便。」

「……你打算跟隨哪一方？既然無意回歸指揮之下，那是有意締結同盟？」

此時，雷米翁上將終於問出最重要的問題。痛切感受到兩名將領刺人的視線，伊庫塔聳聳肩露

出難以捉摸的微笑。

「嗯，是哪一方呢？」

「事到如今不要再隱瞞了！」

「不，我真的沒有決定。畢竟這是個困難的問題。如果各位還是堅持要我下決定的話——」

少年右手伸進懷裡，在無數雙眼睛的凝視下取出一枚銀幣。

「就靠它來回答吧。擲出正面我跟隨伊格塞姆派、反面是雷米翁派。這樣如何？」

「什——」「…………」

在兩名將領注視下，伊庫塔用右手拇指彈起硬幣。銀幣旋轉著往正上方彈起，在上空約一公尺處耗盡動能幾乎以相同的軌道回到少年手邊。

「……好，是哪一邊來著？」

少年手背接住硬幣，在兩名將領眼前緩緩挪開遮蓋的左手。當一絲銀光露出來時，雷米翁上將慌張地喊道。

「等等！這種決定方式……！」

「好，我等。」

伊庫塔用覆蓋的左手握住硬幣收進口袋裡。接著黑髮少年對錯愕的雷米翁上將露出壞心眼的笑容說道：

「所以我不是說過了嗎？我真的沒有決定要跟隨哪一方。我希望兩位也跟我一起煩惱。」

以故弄玄虛的言行將對手搞得一團混亂後，少年忽然抱起雙臂。

「實際說來，這個階段想要完全達成或鎮壓軍事政變都變得很困難。如果全面開戰打到其中一方求饒為止，在這段期間內察覺情況的齊歐卡很可能發動進攻。這麼一來，在國內兵力分裂的狀態下也做不出多少抵抗，不必想也知道輸定了。」

「別講得好像你很懂似的。才剛回到帝國的你，不可能掌握所有戰況。」

「沒錯，我的確還有幾件要事尚未確認。這些晚點再處理，先回到正題上吧。任何事都有先後順序。

總之，我認為最愚蠢的結局，就是比拚耐性直到時限截止。齊歐卡發動侵略對你們雙方都很不利，但先妥協的人將被迫讓步——被這樣的掙扎困住動彈不得期間，關鍵的時間不斷流逝。現狀豈非正是如此？」

「……………」

「唉，我認為這是必然的。一開始立定的目標愈是迫切，到了緊要關頭要修正方向就愈難——啊，姑且確認一下，雷米翁派這次軍事政變的戰術目標，看成是『清除腐敗貴族』和『保護皇帝』，然後『樹立實質軍事政權』沒有錯吧？」

「……關於這一點是沒說錯。我等要從奸臣手中奪回皇帝陛下，建立由軍人組成的新內閣。透過由我等直接聆聽陛下的意志，將能夠排除不當的軍事力行使，實現基於戰略策劃的政治。」

「我明白了。說歸這麼說，當今的皇帝陛下不可能還剩下足以正常執政的智能，縱使奇蹟般地恢復從前的聰明，皇帝與內閣分離後的實務能力等同於零，因為懂得具體行政方法的是閣員。也就是說——若如你所願般軍事政權化，皇帝陛下的存在於任何情況下都是個擺設吧？」

「我不否認。但是，任何人應該都清楚這比陛下淪為奸臣傀儡的現狀好上幾倍。既然沒有其他能好好替國政掌舵的人才，由軍人擔起這個職責也是不得已之舉。」

「雖然我明白你說的意思……從現實問題來說，這方面不放寬的話，很難和伊格塞姆派達成共識吧？」

伊庫塔說著將目光從雷米翁上將轉向炎髮將領。

「你有何看法？元帥閣下。實際上，你能接受這種形式的軍事政權樹立嗎？」

「免談。這麼做是軍人侵犯了為政的分野。」

「我想也是～」

少年苦笑地聳聳肩。正想對那開玩笑的態度開口抱怨，雷米翁上將突然察覺自己對當下的狀況有種奇特的懷念感。

——索爾、泰爾，冷靜點。先喝杯熱茶。

他回憶起那個當他們意見對立時，總會笑著居中調解的男子。

——鬧矛盾也解決不了什麼，慢慢找出妥協點吧，吶？

那讓人聽見後肩膀會無條件放鬆力道的悠哉聲調在耳中復甦……如果索爾維納雷斯·伊格塞姆與泰爾辛哈·雷米翁是水和油，那個人或許便是調合兩者的魔法湯匙。有他加入的討論，無論討論多麼困難的議題，總是在不知不覺間找出平穩的結論。

為何會在此刻想起那段記憶？雷米翁上將自己也難以理解。人在眼前的，明明是和昔日的他一點也不相似的毛頭小子。

「……………」

無論長相或舉止，都沒什麼相近之處。即使有伊格塞姆元帥保證他的身分，雷米翁上將到現在都還對此一事實半信半疑。儘管聽說過很多伊庫塔作為「騎士團」一分子大展身手的事蹟，到了這個地步，他對他的印象只是個不懂分寸插手國家大事的莽撞年輕人。

「在這裡，我希望兩位試著思考一下彼此不能退讓的底線。現狀之下，皇帝化為腐敗貴族的傀儡，透過皇帝對軍方下達沒有道理的命令。雷米翁派無法忍受這一點。相對的，伊格塞姆派則不容許軍人代替正統執政者的貴族、皇帝掌管政治。怎麼樣？兩位沒發現這兩個立場乍看之下截然相反，但依照觀點而定未必一定矛盾嗎？」

可是……這名莽撞的年輕人，為何要做出這樣的舉動？他究竟有什麼目的，要居中調解一分為二的帝國軍？親身鑽進如此危險的裂痕之中？

為了煽動對立引發崩潰？為了趁著混亂建立獨立勢力？對陷入僵局的兩大勢力趁火打劫榨取權益……？

雷米翁上將不明白他的真意。以可能性來說每一個猜測都有可能。假設他真的是巴達・桑克雷之子，在某種意義上他甚至有資格期望帝國滅亡。因為太過悼念冤死的父親，看準這個機會進行正當的復仇也不足為奇。

可是，事實並非如此。雷米翁上將心中深處超越理性的部分這麼告訴他。那肯定是沒有任何根據的直覺，但看著對方的一舉一動，上將不知為何愈發深信這個想法。他忍不住將那故作輕鬆實則使盡渾身解數拚命演出的表演——那燃燒性命編織話語，發揮口才，看似在開玩笑的身影，和朋友往日的身影重疊在一起。

這名少年和昔日的巴達・桑克雷懷抱相同的想法站在此地。

為了填補兩名當事者認定絕對無法填滿而放棄的深溝。為了架起橋梁跨越阻隔伊格塞姆和雷米翁的絕望峽谷，他此刻站在此地——

「追根究柢，我認為雷米翁派尋求的是被貴族們私有化之前的帝國軍。即使不走到樹立軍事政權的地步，只要恢復皇帝權力的獨立自尊便能取回這一點。只要隔絕貴族們不讓其插手戰略，那些傢伙再也無法將軍隊私有化。不是嗎？雷米翁上將。」

話題突然拋來，令沉浸在思緒中的上將回過神。他甩開殘留在腦海中的過去殘影，迅速整理內容要點。

「……可是，他們未必會同意。取回被私有化的軍隊的確是當務之急，但觀察帝國現狀，行政方面顯然也需要大幅改革。正因為此事不能交給貴族處理才需要樹立軍事政權，再說軍事本身也並非獨立成立之物。正如你也知道的，維持常設軍隊需花費莫大的資金。繼續將國庫鑰匙交給光花錢不事生產的貴族保管，我等遲早將陷入機能不全狀態。」

「你會顧慮這方面的問題也是當然，但請試著換個靈活一點的方式思考。全部的改革不需要都在一次進行。從腐敗貴族手中奪回皇帝，讓被私有化的軍隊回歸正常——這次的終點放在這裡就好，解決行政面問題的方法另外討論。我明白你想直接伸手觸碰患部整治的心情，但絕不容忍這種行動是伊格塞姆派的立場。為了尋找妥協點，暫時的忍耐也有所必要。」

「要我考慮階段性的過度？難道你的意思是這樣伊格塞姆派就會接受？」

「願意的話就輕鬆了，但大概沒辦法吧。既然知道雷米翁派最終目標是樹立軍事政權，他們無論如何都會出手阻止。對不對，元帥閣下？」

當伊庫塔再度詢問，炎髮將領默默閉上眼睛表示肯定。看到他的反應後，少年的目光轉回雷米翁上將身上。

「唉，理所當然的答案。可是雷米翁上將，接下來的話希望你別生氣聽下去……話說，你認為軍事政權能成功嗎？」

「……什麼……？」

「比起將政治交給腐敗貴族，我們自己來執政將更為順利——你大概是這麼想的。若真是如此那事情就簡單了，但我有點難以同意。

行政的要訣一言以蔽之，是如何從民眾身上獲取資金、如何運用收集得來的資金、如何讓資金在國內不間斷地流動——無論從哪部分來看從頭到尾都是資金的處理。我很難想像過去一直在軍事領域任職的雷米翁上將具備這些知識。」

「還以為你要說什麼……我很清楚自己作為執政者的能力並不充分，會視需要而定加入顧問，也在一定程度上找好了相關人才。」

「如果說連這種程度的準備都沒有就掀起軍事政變，我才會沮喪萬分啊……不過，問題在於更基礎的部分。坦率的說，我能夠預測你接下來將選擇的執政方針，以及面臨慘痛失敗的未來。」

「……什麼？」

「做個預言吧。樹立軍事政權後，你將立刻對帝國全土施行以武力為背景的嚴格統制經濟。向貴族及商人依積蓄而定課徵重稅，為免資源分配不均實施物資配給制，對市場經濟活動也施加強力的制約。然後將回收的資金大半投入軍事費用，持續監視民眾期使所得盡可能平均化。」

上將全身僵硬。剛剛那番話幾乎完全說中他在政權樹立後設想的政策概要。

「……這是戰爭時期當然的措施。有什麼錯誤？」

「從頭到腳通通都錯。沒有不均就不會產生不滿，這樣直線性的思考方式完全是軍人腦袋。在號稱防備外敵的同時，你的施政卻將在國內創造出更大的敵人。即使與國內握有權益的有力人士悉數為敵，你依然會堅信自己的正義，毫不妥協地向前衝吧。結果，過去對民眾眼中是守護者的軍人，多半在不到十年內就會淪為恐懼和憎恨的標的——」

「別做沒有根據的悲觀揣測！齊歐卡的威脅已擴大至前所未有的程度，將最大預算分給國防是戰略上的必然！為此向金錢富裕之處徵收資金也是合理舉措！還是你打算叫我壓榨貧民？」

「請冷靜聽我說。如果剛剛發財就被課稅徵走，作為政策對象的人們會採取的行動大致分為三種。藏匿收入、反抗抵制以及消極怠工。你或許能透過徹底監察防止第一項，以武力壓抑第二項，但唯獨對第三項無計可施。政府無法強逼喪失生產活動意欲的民眾工作。如果還打算強迫勞役只有拿武器恫嚇一途，而這已經是奴隸制度了。」

「我看起來像是愚昧到會施行這樣的暴政嗎？課稅始終預定保持在民眾能維持生產力的範圍！」

「你無法想像要辨別那個臨界點有何等困難。歷史上出現過的許多軍事政權，愈是心懷高潔志向的軍人建立的，愈是如出一轍的犯下相同錯誤。你明白這個意思嗎？他們全將以自身為基準的忍耐強加給民眾。

默默忍受長官的嚴苛訓練、咬牙承受長距離行軍、飢餓地忍耐沒送達的補給、顫抖著強忍死亡在戰場上襲來的恐懼——對於日常生活過著這種日子的軍人而言，『忍耐』是相當於絕對標準的美德。當這樣的人握有政權，將以極其自然的心理認為民眾也應當忍耐。誤以為即使在日常生活中被迫忍耐，人人依然能保有意欲及生產力。就算知道現實並非如此，還是期望事情應該這樣發展。這正是軍事政權短命告終的最大理由。」

「——！你想說我也會列名這些前例之中嗎！」

「想來會吧。哪怕和其他許多軍官相比，你的價值觀也太過依照軍人標準最佳化了。正因為作為軍人十分優秀，我能一口咬定你絕對當不了優秀的執政者。我在此斷言，開門見山的說，你屬於認真地當獨裁者誤國的類型。」

伊庫塔的發言已超越謾罵的程度，大受衝擊的雷米翁上將愕然地張大嘴巴。長篇大論說到這裡停頓半晌，少年側眼看著伊格塞姆元帥。

「軍人勿語政治。元帥閣下像口頭禪般常常提及的告誡，也包含同樣的教訓……軍人和執政者的資質沒有交集。正因為如此，絕不能搞錯彼此的界線。」

「…………」

「因此，我反對樹立軍事政權。在這個前提上回到原先話題，話說兩位覺得為何皇帝陛下會淪為貴族們的傀儡？」

兩名將領難以回答他看不出意圖的問題，沉默不語。伊庫塔不在意地繼續道。

「我認為，那是因為陛下住在宮殿裡。持續住在如今徹底化為腐敗貴族巢穴的地點，再怎麼高潔的有志之士當然也會轉眼間墮落。不過，另一方面可以這麼想。只要沒住在那種環境，也許一開始就不會出問題。」

「……你、你想說什麼？」

「說得通俗點，我建議把禁中移設到中央軍事基地內。」

少年以開朗的語氣宣言大不敬的內容。雷米翁上將自不用說，連炎髮將領也不禁眉頭一動。

「隨身護衛任務由伊格塞姆派和雷米翁派的人各負責一半。你們不認為這是個好主意嗎？不僅在日常生活中阻絕與腐敗貴族的接觸，只要有伊格塞姆派確實監視，就不必憂慮皇帝淪為軍事政權的傀儡。這麼一來不僅能使被貴族私有化的軍隊復甦，也沒必要對政體本身做根本性的變動，是伊格塞姆派與雷米翁派雙方陣營妥協的解決點。」

「這……這實際上和拉攏皇帝陛下樹立軍事政權豈非沒有差別？」

「天差地遠。這樣純粹是以戰爭時期治安惡化為依據，強化皇帝陛下的隨身戒護體制而已，完全沒超出職權範疇。只不過是請皇帝陛下到基地內新設置的禁中起居並辦理政務而已。」

「邦哈塔爾的宮殿除了禁中，在政務各種場合需要用到的設備一應俱全。還有像深綠堂和白聖堂這些和軍方關係很深的建築物……如果請陛下在基地內辦理政務，這些該怎麼補足？」

「那些東西，等到實在有必要時再逐次處理即可。基本上最近謁見時皇帝本人露面的次數有幾次？除了不想看到的狐狸臉以外幾乎沒見過吧？說得直接點，只要基地內有醫生和臥房就夠了。新內閣起用倖免於腐敗的低階貴族之類的，實質做事的是他們。反正現在的皇帝勝任不了政務。」

「說話注意用詞！……就算這麼計劃，若由我們單方面獨斷遷移起居所，這相當於嚴重的不敬罪吧。」

「是啊。所以最快的方法是請本人表明意願。若要說服陛下，你們不覺得囉嗦的貴族閉嘴的現在是好時機嗎？」

伊庫塔咧嘴一笑。眼前的兩名將領也終於看出脈絡。

「根據安全保障的觀點，懇請陛下將禁中遷移至基地——提出這項意見本身十分符合軍人的職責。因為最優先考量皇帝陛下的安全是理所當然的。再來只要陛下答應，事情就能穩妥的進行下去。」

「在理論上的確可行……但是，陛下會這麼希望嗎……？」

「狐狸絕對不願意。不過若是陛下本人，有機會花時間說服他。假設陛下身體狀況差到無力聽取，即可判斷他已陷入不可能承擔皇帝職責的狀態。這時候應該召集神官們辦完麻煩的手續，由皇位繼承權第一順位的皇族就任攝政之位吧。這也是本來早就該執行完畢的流程。」

伊庫塔流利地陳述己見，同時望著眼前的兩個人。

「那麼，現在該釐清最重要的一點——皇帝目前在哪一方勢力手中，以什麼形式保護著？目前的健康狀態如何？」

他拋出這個問題的瞬間，空氣當場凍結。伊格塞姆元帥和雷米翁上將互看一眼，彼此鉅細靡遺地觀察對方的細微反應。而——兩人的樣子，正好告訴黑髮少年那令人發寒的「答案」。

「……咦……？不，等等……請等一下。難道說……你們兩方都沒找到皇帝……？」

兩名將領沒有回答。冒出意外冷汗的是少年本人。

在這個情況下，掌握皇帝的勢力隱瞞事實沒有意義可言。為了展示我軍的優勢地位，反倒該最大限度活用這個談判籌碼。沒有那麼做，表明了他們雙方手裡都沒有這個籌碼的事實。

「……第一皇子由我的陣營保護中。」

經過沉重的沉默，雷米翁上將一臉苦澀地說道。現在的他，光是亮出這張牌表明主張起碼的優勢已竭盡全力。之所以不混淆情報而選擇共享，是因為他已隱隱察覺狀況不在在場所有人的控制下。

「……這樣嗎……」

雖然沒顯露在臉上，伊庫塔也很焦慮。他體悟到自己正面對極其麻煩的狀況。

考量到最近的健康狀態，皇帝不可能自力逃亡。這代表，現在——某個不屬於伊格塞姆派和雷米翁派的人擄走了這個國家的最高權力者。

「……要是能乾脆地說是我幹的……是最快的解決方法。」

開起逃避現實的反常玩笑，伊庫塔輕聲嘆息。他藉此設法拋開慌亂，率先思考下一步。

「不好意思，剛才的提議暫時保留。就算事情談妥，缺少關鍵的皇帝也無法實行……老實說，我甚至設想過皇帝已經駕崩時的方案，以這種形式失蹤倒是出乎意料。」

少年一邊抱怨一邊搔搔頭髮……與他所說的諸多言語及種種思維相反，在場三人以極為單純的形式來認識狀況。

亦即——掌握皇帝的人，便掌握了這場動亂的主導權。

「得先從這點開始嗎……很遺憾，看來靠我偏好的只動口不動手方式無法解決一切。」

在可知的範圍內把握現狀，放到腦海中眺望其全景的瞬間，一陣寒意竄過伊庫塔背脊。

在軍事政變如火如荼之際下落不明的皇帝，與展開皇帝爭奪戰的三大勢力。這樣的構圖已超越混亂甚至帶著喜劇意味。期望發生三路對立膠著狀態而介入局勢的明明是少年自身，卻不由得感覺到如今的狀況另有他人刻意為之。某人無比惡質又嗜虐的意圖。或者是操縱的絲線。

「…………唉，總之先交換情報吧。關於皇帝在軍事政變前後的消息，我們來共享彼此知道的情報如何？」

「……」「——」

「要說謊或隱瞞當然是兩位的自由，但對所有人最糟糕的發展無疑是一直沒找到皇帝只有時間不斷流逝。我認為不要捨不得拿出情報比較好。」

以這個忠告為開端，三方開始在令人窒息的緊張感中互相刺探。

會談長達五小時。結束之際，時間已度過清晨時段接近中午。

「…………」

這段期間始終在伊庫塔身旁待命的托爾威，注視著少年和兩名帝國軍首腦展開激烈的議論。看著他與兩人口若懸河地你來我往的身影，不禁佩服萬分。面對面的父親大概沒注意到的微妙變化，從他的位置上便能看得出來。

——阿伊……

從脖子滴落到軍服上滲開的汗水多得非比尋常，一望即知不光只是因為氣溫炎熱。少年究竟被多沉重的壓力折磨著？如今主動重新招集「旭日團」，他所背負的重擔與先前相比相差懸殊。

「……呼～……」

在青年注視下，現階段能議論的議題已全數和盤托出——當所有人都察覺這一點，伊庫塔也抬起一手擦擦額頭的汗。

「嗯，今天到此為止嗎？雖然線索稱不上萬全，起碼可以做些推測。祝我們彼此都奮鬥到底。」

用諷刺與真心話交織的台詞作結，少年以眼神示意身旁的席巴少將開始撤退。然而，雷米翁上將看準這最後一瞬間開口。

「等等，我還有一件事。」

「嗯？」

「托爾威．雷米翁中尉在那裡的理由是什麼？拿來當成人質牽制我嗎？」

雷米翁上將發揮天生的自制力，到最後才追問其實開頭就想問的事情。如果一開始擔心兒子，等於告訴對手那裡是個弱點。

「那你是白費功夫。從軍事政變開始直到現在，我的雙手早已殺害許多同胞。我不打算只把兒子當成例外。」

翠眸將領壓抑血親的感情這麼告訴他。被親生父親宣布割捨的托爾威雖然體察他的立場沒感到吃驚，終究難以保持平靜地垂下雙眸。

「嗯～看起來像人質？正如最初說過的，這傢伙是我的幕僚……」

伊庫塔指尖搔搔脖子，有一會兒面露思索之色。

「唉，要是你無論如何都堅持想回去的話我會考慮……怎麼樣？托爾威。」

意想不到的放任宣言，使雷米翁上將訝異地皺起眉頭。可是當事人托爾威保持沉默沒有動作，於是他主動開口。

「回這邊來，托爾威。你是雷米翁家的三男。事到如今不可能不明白自己應該置身的地方是哪裡。」

「…………」

「托爾威！」

當父親拉高嗓門的瞬間，青年打破漫長的沉默抬起頭。

「……父親，抱歉。我也和席巴少將有同樣的心情。」

「連你都要胡扯，說我前景堪憂？」

「不是的……！不是的，我……！」

不成言語的感情堵塞胸口，托爾威發出呻吟。無論是將自己的心情訴諸言語，或隨意用些場面話敷衍過去，都是這名青年最不擅長的事情。

雷米翁上將露出包含輕蔑的眼神冷冷地注視詞窮無法回答的兒子。

「怎麼了？有話想說就說出來呀。既然要跟好歹也是你父親的我為敵，別說你沒有一番思量。」

「…………！」

「回答清楚，托爾威。你是為了什麼站在那裡？」

決定性的質問被擺在眼前，托爾威感到心臟彷彿被人抓住般渾身僵硬。見他雙肩顫抖著什麼也說不出來，翠眸將領深深地發出失望的嘆息。

「……結果你也是未經深思就被那名少年蒙騙了？」

斜眼瞪了黑髮少年一眼，雷米翁上將嚴厲的視線重新轉向兒子。

「趁現在改變主意，這般任性妄為你不覺得羞愧嗎？現在你擁有的，是在雷米翁家出生長大，仰賴家中俸祿接受高水準教育的產物。只將恩惠掠奪走後轉投別處，甚至為敵槍口相向——無論再怎麼遮掩，都逃不過忘恩負義的非難。」

「……！」

「再加上此時國難當前……不只是你，任誰也沒有餘力將個人生活方式放在第一位追求。如果你連這樣的現實都看不清，那現在看看我背後的士兵們。他們才是正當的憂國之士。決心消滅私念，一心為公眾大義而戰。那神情的差異，你應該也分辨得出——」

「啊～到此為止。好了好了，到此為止。」

上將還要往下講，但黑髮少年厚臉皮地插了進來。

「默默聽你說幾句，結果什麼忘恩負義啊國難的，咄咄逼人又聳人聽聞。那種硬梆梆的大義名分是用來挽留兒子的材料嗎？不看場合也該有個限度。所以我剛剛也說過，你的價值觀太過依照軍人標準最佳化了。」

「……你連別人家的親子對話都要插嘴？」

「擺出那種威嚇態度，還有臉說成親子對話？這可不是在法庭上展開辯論陣勢。你作為軍人或許是滿分，作為父親則是全場一致判定因違反規則落敗。很遺憾，判決不接受抗議。」

伊庫塔毫不客氣地說著，同時從馬上朝托爾威伸手，揪住他軍服的衣襟一把拉到身畔。

「哇哇？」

「要求捨棄私情就說服的理由來說是下下之選，並非講出正確的道理人們就會追隨。如果有無論如何都想拉入我方的對象，首先應該展示自己有多麼需要那個人物才對吧。」

在馬背上靈巧地搭住托爾威肩膀，黑髮少年咧嘴一笑。

「不用說，我對這傢伙評價很高。具體來說，關於槍兵方面的照看工作幾乎全交給他負責。在你來說這大概是生於雷米翁的恩惠——不過即使扣掉戰力面的評價，你的兒子擁有值得驚嘆的優點。你發現了嗎？」

「……我就姑且一問吧。」

「這傢伙不會變得世故。不變得令人吃驚。」

伊庫塔環住青年肩頭的手指輕輕捏著他的臉頰一拉。

「如你所知，我們在北域動亂中一路受了不少罪。在補給和聯絡都不穩定的前線接連不斷地進行泥沼化的互相殘殺，身處那樣的環境中，士兵們的精神會漸漸耗損。變得對殺死敵人毫無感觸，看見棄置在路旁的屍體無動於衷，拉在眼前喪命的同伴屍體當肉盾時也不再遲疑。你應該也記得——心靈在不是你死便是我亡的日子裡逐漸被改造成最佳化的發寒感觸。」

「……嗯。所有的軍人都是如此長成能夠獨當一面的吧。」

「對啊。經歷那場戰爭，我也變得相當老練。能夠用跟切南瓜相同的技巧置敵兵於死地——對此有所自覺時，我第一次察覺自己差點被戰爭吞噬。那感覺令人恐懼，彷彿不知不覺間我變得不再是我……」

當少年這麼說的瞬間，托爾威確實感覺到他緊貼的身軀傳來微微顫抖。

「但不經意地望向身旁，這傢伙一點也沒變。只要眼前有人受傷不論是敵是我都會難過，當危險逼近時依然會害怕得發抖。看到他的反應，讓我發現『啊～我不對勁』。得以在危險的時候抓住理智。

在那惡劣的戰況下老是被派往最前線的我們，之所以能勉勉強強沒有發瘋，是因為有這傢伙作為倫理的指標。剛才這傢伙說無法責怪膽小的心態——但要我來說，正好相反。是這傢伙正直的膽小一直以來拯救了我。」

托爾威打從心底感到驚訝地想看身旁的少年的臉，卻被牢牢按住下巴無法如願。伊庫塔直接對翠眸將領毫不顧忌地說下去。

「明白了嗎？此話並非比喻，這傢伙是我們『騎士團』的良心。不管是父親或什麼人，我無意把他讓給不了解他價值的傢伙。

總而言之——想要回兒子，回去洗把臉腦袋弄清醒了再來，倔老頭。」

伊庫塔從鼻孔裡哼了一聲，最後留下這句話和部下們展開撤退。望著與他們並肩離去的兒子背影，雷米翁上將還想再度呼喚——但除了拿軍人楷模作標準以外，他想不出其他說服方法。

在結束長時間的會談朝自軍陣營前進的隊伍中，托爾威覺得一直偷瞄身旁也不是辦法，下定決心開口。

「……阿伊，關於剛才的事……」

「有同情心就別吐槽。我自己也知道，很多地方都說得荒腔走板。」

黑髮少年打斷他的話頭，苦澀地撇撇嘴。

「像是歷史上軍事政權大都失敗的理由……不管標準放得再低，也不可能那麼單純地解釋。快點忘掉吧。我勉強算是科學家的一分子，並非專門研習歷史的史學家。軍人出身的領導者會要求民眾忍耐云云，幾乎全是信口開河。」

「……啊，你是指那件事？原、原來如此。」

「儘管手法不怎麼樣，我想在雷米翁上將的意識裡灌輸對於自身作法的疑問。畢竟連才疏學淺的我，也能確定你老爸執政的話將面臨慘痛失敗……唉，這算不上是學識，而是性格的問題吧。無論從正面或負面來說，那個人要涉足政治性格都過於認真和善良了。」

伊庫塔摻雜嘆息地說完後，表情變得明亮幾分。

「不管怎樣，從直接交談的感覺判斷，和他頗有交涉餘地。至少比起伊格塞姆元帥，要針對彼此的利害做調整壓倒性的輕鬆許多。我會把他全力騙上手的。我可無法接受，某人辦得到的事我卻辦不到。」

「嗯，如果是阿伊，父親一定也會……啊，不過我想說的不是這個……」

「好了～趕緊回去吧。天色也轉壞了，不想淋成落湯雞的話可沒閒功夫拖拖拉拉！」

伊庫塔裝作沒聽見打斷托爾威的話，策馬加快速度。他的騎術還是沒有進步。青年穩定地追隨那搖搖晃晃不穩的背影而去。

三方勢力各自返回大本營途中，不穩定的天氣終於開始變壞。雷鳴在士兵們頭頂響起，不到數秒鐘後，大顆大顆的雨滴便對準乾燥的大地傾注而下。

傾盆大雨不間斷地敲打屋頂。品嘗著能夠在室內聽著下雨聲的幸運，坐在椅子上的伊庫塔吊兒郎當地伸展已脫掉軍靴的赤腳。或許是出於避開士兵目光的解放感，換掉濕淋淋的衣服後，他僅僅輕鬆地穿著長褲和襯衫。

「呼～！可以鬆口氣了。」

「你到底多放鬆啊……這裡別說不是自個兒家裡，甚至不是基地耶。」

馬修代替同在大房間裡的十幾名軍官半是傻眼地說。雖稱作房間，室內僅僅放著兩張合併的長桌與十幾張環繞桌邊的簡樸木椅。連這些家具都只是借來的。

他們的臨時據點是位於猶納庫拉州西南的米歐加羅奇州城鎮。更精確地說，是在周邊數十公里的村與鎮同時設置野營地，派部隊分別滯留。能夠使用基地自然最好，但基地已被雷米翁派占據。現在伊庫塔他們借來當司令所的地點也是鎮營的文化館。

「不，就算勉強自己也要放鬆，泰德基利奇家的小子。因為下次可不知道何時才能奢侈地遇到有屋頂、床鋪與三餐的落腳地。呼哈哈哈！」

以毛巾粗魯地擦拭濕濡的頭髮，席巴少將放聲大笑。那副模樣和前陣子的撲克臉相比落差太大，讓微胖少年不知該怎麼回應。

「正如少將所言，有機會休息時好好休息很重要。馬修先生也喝杯茶。」

用柔和的笑容緩和氣氛，手持茶壺的哈洛一一為眾人倒茶。啜飲一口冒著熱氣的茶水，薩扎路夫少校發出安心的嘆息。

「……總算活過來了。那麼趕的急行軍，真希望不管過去或未來都只有這趟而已。」

「我有同感。持續步行十天以上，腿像灌了鉛似的……」

坐在隔壁的席巴少將副官梅爾薩少校語帶苦笑地同意道。聽到這番話，屋內所有人都回憶起抵達此地為止的路途。

「——一般方向為猶納庫拉州駐留基地。為預防行軍中脫隊，將此消息通知全體士兵。」

出發前夕，伊庫塔這麼告訴指揮下的軍官。單從這句話，他們也能預想到接下來要展開的行軍有多嚴苛。

「基本上，此行直接使用事前預定的歸路，因此路線沒有任何困難之處。不過這次要用最快速度前進，可以預料將步調紊亂，但即使出現大幅落後的部隊本隊也不會等候他們。遇到這種情況時不要慌張，以在目的地會合為目標來處理。」

當兵力多達近一萬，光是移動也非簡單之事。如果所有人都死心眼地想同通過一條路歸返，將出現綿延數十公里的長龍。當然，少年不希望那種極度缺乏效率的情況發生。

指揮大軍之際，移動基本上採用「分散進軍」法。將大批兵卒暫時分成小隊，派每支部隊經由不同路線前進，以到事先指定的目的地會合為目標。這麼一來全體的移動將變得順暢，也能分散滯留時給中繼地點的負擔。

但這個方法當然有其風險。雖說僅限於移動，也得承擔戰力的分散。先不提在無人原野上行走的時候，這次途中遭遇雷米翁派妨礙的可能性極高。必須避免分隊被各個擊破削弱戰力的狀況出現。

率先浮現的因應對策是進軍中盡可能縮短部隊之間的距離並頻繁聯絡。然而執行得愈徹底，行軍的速度愈慢。最高速度與最大安全無法兼得。找出兩者之間實際的妥協點，是指揮官的職責。

「在預測會遭雷米翁派妨礙的地點，先遣部隊將用盡一切手段排除威脅。這主要由我及我的直屬部隊擔綱，你們只需專心行軍即可。」

許多軍官都以不安與懷疑的眼神注視著撇開遠比其年長的席巴少將當上團長的伊庫塔，正因察覺這一點，少年沒有逃避他們的目光，用甚至目中無人的泰然態度擔起這份差事。這點程度的事情我當然應付得了，你們就在旁邊看著吧——伊庫塔一舉一動都包含意在言外的訊息。

「在路線上可能遭遇奇襲的難關，也安排好縮短部隊之間的間距。萬一遇襲援軍也會立刻趕到，放心吧。我最希望各位避免的，是被襲擊嚇得放慢腳步。」

伊庫塔以有力的目光，從這一頭到那一頭大略掃過軍官們的臉龐。

「在你們之中，應該還有不少人面對這次的軍事政變還沒打定主意要怎麼做。我要對這些人說

——一切都等抵達帝國後再考慮。無論想跟隨我也好，想拿我的首級當禮物投靠伊格塞姆派或雷米翁派也好，不先回到帝國都無從談起。」

他超乎預期的叮囑方式，令軍人們不禁倒抽一口氣。看準眾人被氣勢壓倒的瞬間，黑髮少年宣告：

「從現在時刻起，朝卡托瓦納帝國猶納庫拉州駐留基地進軍——全體人員，開始行動！」

烙印在靈魂上的軍人本能，促使軍官們反設定地敬禮。儘管離敬意或信賴相去甚遠，所有人在這一瞬間共有了伊庫塔是不可輕視對象的認知。

「——儘管行軍過程艱苦得以為會死，還是勉強應付過去了。半途掉隊的傢伙直至今天也幾乎全部抵達目的地……不過路上經過猶納庫拉州時，泰德基利奇上校大吃一驚。」

「任何人看到都會吃驚吧……」

當父親的名字出現，馬修抱起雙臂嘆了口氣——伊庫塔向在猶納庫拉州帶著兵團的米爾特古．泰德基利奇上校說明事由，請他繼續駐留該州。因為需要有人照料席納克族。

上校本人表示「我想把兒子留在身邊」，但馬修堅持拒絕。因為最後導致整個泰德基利奇家糊里糊塗地被捲入狀況裡，身為兒子的他心情很複雜。

「不過進入帝國領地後，本隊好像出現一些逃兵……」

「沒錯，截至目前為止約為近兩百人。一共有四個排，剩下是個人單位的逃兵……雖然不甘，這樣的數量已經算少了。」

梅爾薩少校以憂心忡忡的口吻說道。薩扎路夫連忙改變話題。

「唉、唉～無論如何，結果足以算在『趕上』的範圍裡吧？趁伊格塞姆派和雷米翁派陷入膠著狀態時介入，應該是重大的成果。對吧，團長大人。」

「哈洛，我也要喝茶～」

「聽到這對話流向居然無視我？」

「我所知道的薩扎路夫少校是永遠的長官，才不會叫我團長大人～」

「士兵會感到混亂吧！你叫我在作戰現場怎麼辦！」

當大夥開著分不清場合的玩笑話，換好衣服的夏米優殿下現身。她筆直地走向正精神奕奕地閒聊的伊庫塔，直接坐在他身旁。

「別戲弄少校戲弄得太狠，索羅克。你像平常一樣錯失了收手的時機喔。」

「說得正是。好，大家的疲憊看來也消除不少，小憩差不多該結束了。各位，就座。」

收起先前的鬆懈態度，「旭日團」總司令官以恢復張力的聲音宣布。軍官們聽到後也即刻就座，等待年輕團長的下一句話。

「因為沒有多少時間，去掉遊戲調笑認真地討論吧——各位，你們認為胸和屁股哪個更重要？」

「你一本正經地胡說什麼！」

公主即刻揮出的巴掌發出爽快的聲響拍上少年的背。相對於騎士團眾人和薩扎路夫臉上浮現半是傻眼的笑容，從席巴少將麾下新加入的幕僚們則愣住了。

「他就是這樣的傢伙……想改正他也沒用，請各位盡快習慣。」

馬修嘆口氣說明道。聽到的瞬間，伊庫塔迸出燦爛的笑容看著朋友。

「謝謝你，吾友馬修。順便一提，你不必煩惱也是屁股派。」

「我明明在替你說話，別恩將仇報！別忘了在場還有女性！」

「唔，我硬要說的話也是選屁股。稍微大一點正好。呼哈哈哈！」

「別連你也摻一腳啊少將！一直講這些低俗的話題天都要黑了！」

無法坐視氣氛在會議才剛開始就變得散漫，馬修和夏米優殿下全力踩煞車。凡事都很含蓄的哈洛和托爾威敵不過起鬨的勢頭，薩扎路夫也有偶爾會趁機胡鬧的毛病。如今雅特麗不在，作為煞車的任務只能交給兩人擔當。

「不，公主，講這些未必是離題喔。起碼我是想當成便於理解的比喻使用。簡單的說，胸是伊格塞姆派，屁股是雷米翁派。」

「你是想向兩大派閥挑釁嗎？」

「喔～團長大人，那我等自身要比喻成什麼？」

「好問題，永遠的長官。處在調停紛爭立場的我們，必須是包含胸與屁股的概念形成的象徵物。包容一切的壓倒性慈愛，那正是——熟女！」

「那純粹是你的嗜好吧！」

第二記巴掌在少年背上炸開。公主的手很快發麻起來，在她強行甩出第三記前，伊庫塔勉強改變話題走向。

「好痛……嗯～真沒辦法～看來有人不喜歡比喻，那我直接說明吧。」

「打從一開始就這樣做……然後呢？會談結果如何。」

「嗯，情況變得非常棘手。直接了當的說，皇帝下落不明。」

這次氣氛為之一變，室內各處立刻一陣騷動。伊庫塔不在意地繼續說道。

「雷米翁派在軍事政變初期行動中未能掌握皇帝，似乎也沒在伊格塞姆派的保護中。現狀是連他的去向都掌握不到。」

「下、下落不明……聽說最近陛下幾乎都臥床不起啊。」

「嗯，因此他不可能是自力逃亡，這次失蹤恐怕甚至不是本人的意志。證據在於帝國宰相托里斯奈·伊桑馬也消息不明。」

當那名字出現的瞬間，席巴少將表情霎時變得僵硬。

「……可恨的老狐狸，居然綁架陛下逃了。」

「沒錯。對雷米翁上將來說，他應該是在腐敗貴族裡想率先除掉的目標。直到軍事政變爆發當日之前，上將想必比任何人都更嚴密地確認過宰相身在何處。然而卻還是讓他逃脫了——」

「這並非巧合的結果……很有可能是上將被先下手為強了。」

梅爾薩少校說出謹慎的意見，伊庫塔毫不猶豫地點點頭。

「正是這樣。那隻狐狸事前便察覺軍事政變將發生。雖然不知道他用了什麼情報網，若非如此解釋不通。因為雷米翁上將似乎在作戰開始的同時便包圍邦哈塔爾，之後想逃離帝都近乎不可能。接下來是我的推測——托里斯奈恐怕在軍事政變開始前就帶著皇帝離開帝都了。」

「唔……相反的，他們有沒有可能還留在帝都內？邦哈塔爾是全國最大都市，藏匿地點要多少有多少。說不定還有幫手。」

「如果躲在帝都內，雷米翁上將想必早已用人海戰術搜出來了。姑且不提只有一隻狐狸，他還帶著臥病在床的皇帝。需要的物品應該也很多，難以避免有人出入，若有幫手更是如此。無論如何，很難想像他們能夠躲藏這麼久。」

回答薩扎路夫的問題，伊庫塔接著陳述自己的推測。

「假使托里斯奈有機會和皇帝一同逃到邦哈塔爾外，最有力的時機是軍事政變開始前。宮殿裡住了許多貴族，載運物資的馬車應該也出入頻繁。暗中逃脫的方法要多少有多少。」

「……沒錯。在宮殿保安方面，從外界送進來的東西要經過嚴格檢查，卻不常注意從內部送出去的東西。若兩個人混在裡面想來不會多困難。」

有實際居住經驗的夏米優殿下證實伊庫塔的推測。此時，產生疑問的哈洛舉手。

「可是……這樣逃走之後，皇帝陛下和宰相就不在宮殿裡了。既然有確實監視，雷米翁上將為什麼沒發覺？」

「考慮用了替身比較自然。說歸這麼說，皇帝臥床不起無法會晤，這情況下只需要準備托里斯奈的份即可。那隻狐狸就算常備著一個排數量的形貌相似替身，也不稀奇。」

過去還記憶猶新，回憶起在薩費達中將軍事審判上的碰面，薩札路夫不免感到腳底發毛。明明只交談過幾句話，托里斯奈那如附骨之蛆的目光留下的印象難以忘懷地烙印在腦海。

「人怎麼逃脫的不是問題吧。關鍵在於逃到何處去。」

眼見關於逃脫手段的考察告一段落，馬修將話題往前推進。伊庫塔也頷首接過話頭。

「沒錯，應該思考的是這一點。很遺憾，在現狀下線索極為稀少。即使想搜索，帝都和宮殿都在雷米翁派好評占領下，那邊的情報都被他們獨占。」

「嗯……假設剛才的考察正確，應該能透過近日內出入宮殿的運輸馬車清單追查到足跡。我想父……雷米翁上將已經察覺了這件事。」

先前保持沉默的托爾威也開口道。黑髮少年雙手搭在腦後仰起頭。

「就算是這樣，能追查到什麼程度也令人懷疑。一度經過中央市場，就無法釐清是混進哪批貨物、由哪個商人運到何處。因為從中央到周邊各地，帝國的運輸網正如字面意思一般像網格般延伸出去。」

「喂喂……那是怎樣？搜索皇帝陛下的工作才剛開始就無計可施了？」

伊庫塔輕笑著對略顯焦慮的薩扎路夫搖搖頭。

「別那麼慌張，從被將死的地方開始反將一軍吧。既然不知道逃往何處，暫時從不同的角度進攻也是個法子。話雖如此——究竟托里斯奈是基於什麼目的帶皇帝逃亡的？」

伊庫塔提出新的疑問，但其他眾人看不出有何意義，一臉納悶。

「什麼目的……既然知道快發生軍事政變，貴族當然要逃跑啊。愣著不動會被闖進來的雷米翁派殺掉。」

「……不，等等，小馬。聽阿伊一說的確不對勁。」

察覺異樣感的托爾威插話。軍官們的視線集中到翠眸青年身上。

「如果托里斯奈單純是為了自保逃亡，事態不會是這個發展。因為那樣只要奔進伊格塞姆派陣營就行了。把自己所知範圍內的情報告訴他們，和元帥一同站在打擊軍事政變那一方就好。完全沒必要像現在一樣一直藏匿行蹤。」

「沒錯，這一點令我難以接受。那隻狐狸在事前察覺軍事政變即將發生，卻沒嘗試阻止。尋求伊格塞姆派保護明明是最安全的，他卻刻意不選那條路。有人能夠說明這一點嗎？」

當少年對所有人問道，梅爾薩少校有些遲疑地舉起手。

「那個，儘管說出口也嫌忌諱……考慮放棄國家逃亡的可能性怎麼樣？比方說宰相在得知軍事政變的計畫時便悲觀地認定帝國沒有未來，決定乾脆和皇帝一起流亡海外……」

「妳的意見十分合理啊美女。怎麼樣？今晚與我在兩人獨處的房間裡繼續深入討論吧。」

「嗯？嗯嗯？這次輪到我該掀起軍事政變了？」

「薩扎路夫少校，你的眼神！眼神好可怕！」

馬修拚命勸阻險些起身的長官。穿插這樣一段已化為例行公事的糾紛後，黑髮少年回到原先話題。

「剛剛梅爾薩少校提出的流亡說的確不壞。這麼一來帶走皇帝也能解釋成是送給齊歐卡的伴手禮。以假設而言很有道理。」

「是啊。拿皇帝陛下當伴手禮流亡，很像被逼到決定的政客會幹的事。」

「確實沒錯，吾友馬修。不過實際來說，逃往國外不像在國內移動來得簡單。特別是自從決定派兵至希歐雷德礦山後，一方面是作為諜報對策，對國境周邊的防備應該經過極度強化。像先前那一戰……雖然發生不少問題，齊歐卡行動大致上都很被動吧？那代表從前潛伏在海軍高層的剛隆海校——那個亡靈無法將出兵情報送回本國。」

「在這種狀況下流亡，難度的確很高……但無法斷言完全沒機會吧？事前的安排也有可能克服阻礙。」

「唉，對啊。如果那隻狐狸在雷米翁派及海軍內部找到許多幫手，是無法斷言他不可能流亡成功。或者在逃亡途中進退維谷，不得不躲藏起來的案例也是有的。這麼一來……比起陸路，走海路還比較實際，將從帝都通往港口的路線全部檢查過一遍吧。」

伊庫塔發話後，軍官們分別在筆記本上記錄下來。和他們一樣動著筆的馬修突然開口。

「……雖然是不好的想像，照這樣下去沒發現皇帝陛下的話會怎麼樣？就連握有第一皇子的雷米翁派，也沒辦法不確認陛下的安危就實行讓位吧？」

「嗯。沒經過正確手續強行讓位，等同昭告自己的行徑不正當。讓皇子於皇帝不在期間就任攝政位置代行職權是可能的，不過我記得條件是——」

「需要『內閣過半數閣員承認』。但看來雷米翁派在這次軍事政變裡率先除去——殺害了那些閣員，如此自然無法要求死人承認。這樣必須另組新閣，但唯獨皇帝才擁有下令的權限。簡單的說，這是在兜圈子。」

聽完夏米優殿下的補充，軍官們發出呻吟。根據帝國制度，雷米翁派握有的第一皇子這張牌，在皇帝下落、安危不明的狀況下沒有意義。

「最終雷米翁派會下什麼樣的決定，現階段難以預測。也有無視手續強行讓位的可能性……不過照雷米翁上將的為人來看，應該不會做這種沒有成果的掙扎。一方面又有齊歐卡侵攻的時限在，我想到時候將會透過談判來尋找著地點。」

托爾威的表情變得開朗幾分。因為青年也感受到，伊庫塔並非單純地樂觀，是基於人格方面的信賴來預測雷米翁上將的決定。

「當然，如果由我們掌握皇帝是最好的。但那是指在談判時可以占上風，並非調停軍事政變的必要條件。大家也不要搞錯這一點。我們是為了阻止戰爭才想得到皇帝，為了得到皇帝掀起戰爭沒有意義可言吧。要我來說的話，沒有皇帝也無所謂。」

少年聳聳肩說道……從得知皇帝失蹤的時候開始，他便重新區分之後的情勢發展。伊格塞姆派保護皇帝的場合、在雷米翁派手中的場合以及我方手中的場合——就算是馬修所說的「直到最後也沒找到皇帝」的場合也尚有談判餘地，未必糟糕透頂。每一種情況雖有優勢多寡之差，少年都能從中摸索出最好的著地點。

問題反倒是找到皇帝加以保護前的過程，一旦搜索範圍重疊就無法避免武力衝突。即使這樣，唯有量產傷亡者的大兵力交鋒必然得避免。對於目標是調停軍事政變的伊庫塔等人而言，這是比搜索皇帝更重要的。

「唉，無論伊格塞姆元帥或雷米翁上將都有能力辨明是非，我相信他們不會做出像小孩子爭搶點心般幼稚的舉動。不過在此同時，他們顯然也不是臨到緊要關頭會猶豫不決的人物。再來……像北域動亂時一樣，現場指揮官及士兵也可能發生失控舉動。這時候，我們主動擔任驅動這個三路對立戰況的威懾力量——」

「「「「「**敕令到！**」」」」」

幾道聲音一絲不亂地同時傳遍周遭打斷伊庫塔的話。環繞長桌的軍人們愣住望向腰包，發現精靈們眼神空洞地張開口後，伴隨著驚愕察覺狀況。

「這是玉音放送……？」「怎麼可能！」「騙人吧，不是還沒找到陛下——」

對他們動搖的模樣看不下去，席巴少將一掌敲在桌上。

「別慌慌張張的，生手！靜靜地聽！」

那彷彿直接毆打腦海的大喊，讓騎士團成員到副官梅爾薩少校都一起閉上嘴巴。在少將靠武力取回的寂靜中，軍人們側耳傾聽。

「「「「「——受卡托瓦納帝國皇帝阿爾夏庫爾特‧奇朵拉‧卡托沃瑪尼尼克委託的宰相托

里斯奈．伊桑馬在此發布至上命令。國難期間行將壽終實乃遺憾之至，在殘存的生命之火熄滅之際，朕盼望將意志交由下一代繼承——」」」」

隨著傳言繼續，夏米優殿下的眼神變得愈來愈凌厲。精靈們還在往下說。

「「「「——朕宣告，在此召開皇室會議。在舊日帝榮之州，與國史九百餘年國威相稱之地，等候朕高貴的血親聚集。未出席者無資格承擔下一代。速速前來、速速前來、速速前來——」」」」

以近乎執拗的重覆語句做結尾，精靈們閉口不語。鴉雀無聲的沉默落了下來，許多軍人都猜不透剛才發出的敕令是什麼意義。

「……皇室會議……是那個對吧……新任皇帝即位前，招集全體皇族商談各種事情的……」

馬修困惑地呢喃。梅爾薩少校也露出相同的表情點點頭。

「……是的。在名義上是為了決定下一代皇帝，由現任皇帝主辦的聚會。說歸這麼說，皇位繼承順位不可能到最後關頭改變，實質上是用來正式承認下任皇帝權威的步驟——偏重於宮廷禮儀的一面……」

「皇宮裡的事，我一點也不懂……不過那會議是在這種節骨眼也非得召開不可的東西嗎？」

發問的薩扎路夫也面帶濃濃的困惑之色。公主表情僵硬地搖搖頭。

「不，相反。正因為此刻國家分裂，那傢伙才做出這種行徑。」

「那傢伙……？不，這道敕命究竟實質上是誰發的？伊格塞姆派？或是雷米翁派？這豈非完全莫名其妙！根據剛才的推測，哪一方陣營得到皇帝，應該都會發出正當化自己陣營的敕令——」

「不對，馬修。皇帝還沒被找到……這是潛伏中的托里斯奈獨斷發出的。」

伊庫塔一臉苦澀地告訴他。微胖少年的困惑終於達到頂點。

「那才是為了什麼啊！向伊格塞姆派求助還另當別論，用皇室會議的名義將皇族聚集到一地能做什麼！」

「我不知道那隻狐狸在想什麼。不過與此無關，剛剛的玉音放送必然決定了未來的發展。」

伊庫塔咬得牙齒喀喀作響。在眾人的注目之下，黑髮少年展開說明。

「……在舊日帝榮之州，與國史九百餘年國威相稱之地，等候朕高貴的血親聚集。雖然修辭拐彎抹角，但並非暗號。『舊日帝榮之州』多半是指遷都到邦哈塔爾前禁中的所在地，即南方達夫瑪州。『與國史九百餘年國威相稱之地』還無法查明，但能想到以舊帝都拉夫暹卡為首的幾個候選地點。總之，我躲在達夫瑪州的某處，帶著皇族來見我──就是這次的傳言內容。」

「那麼，托里斯奈果然是在求助……？但這樣一來雷米翁派也收到傳言，哪一方勢力會先來救援不就得碰運氣？」

「沒錯，結果不得而知，可是過程幾乎完全決定了──伊格塞姆派與雷米翁派的大部隊將朝著達夫瑪州湧去。」

伊庫塔一拳敲在桌上。察覺其意義的托爾威愕然地瞪大雙眼。

「……難道……托里斯奈是用剛剛的敕命促使兩大勢力起衝突……？」

「促使？沒那麼簡單，是火上澆油！一知道皇帝在達夫瑪州，伊格塞姆元帥和雷米翁上將都非得派兵過去不可！同時搜索同一個地點，衝突幾乎無從避免……！」

「那、那個宰相瘋了嗎……？這樣豈非只是害得狀況惡化！」

薩扎路夫的吶喊令全體成員吞了口口水。「不合理」這個詞彙掠過他們腦海。

「……『未出席者無資格承擔下一代』，此可直接視為不出席皇室會議的皇族將被剝奪皇位繼承權的宣言，因此反過來說，只要擠掉其他人出席會議，繼承順位較低者也有即位可能——內容這麼暗示。」

公主以沒有溫度的聲調說道。席巴少將嚴肅地頷首。

「原來如此，鼓勵皇族之間的權力鬥爭……不，這情形倒不如說是加速擁戴皇族的勢力之間對立。這麼一來，擁戴第三公主殿下的我們也落入漩渦之中……」

少將的話半途中斷。身為一名帝國軍人，要將下面的台詞說出口實在惶恐。

當所有人的發言中止，哈洛舉手插話。

「……關於剛才的玉音放送……能不能想成聲東擊西？比如說皇帝陛下和宰相其實都不在達夫瑪州，企圖趁我們前往搜索防備人力變得薄弱的空檔逃往國外……」

「很有這個可能性……不過，這樣的話事情的真假不是大問題。如果想顯示我軍才是政府軍，伊格塞姆元帥和雷米翁上將都沒有不服從敕命的路可走。而我們也無法坐視這狀況不顧。」

「……嗯，在所難免。我等是為了阻止兩大勢力的紛爭才來到這裡的。」

公主的話使在場軍人想起自己的初衷。伊庫塔也重重點頭告訴眾人。

「編成分遣隊前往達夫瑪州。這裡交由席巴少將經營，部隊指揮由我來負責。少將，要請你看家，沒關係吧？」

「我沒有異議。這裡留下五千兵力應該足夠了。」

「拜託你了。托爾威、馬修、哈洛——你們三人和指揮下的部隊一起跟著我。公主，妳當然也要同行。」

被點到名的四人同時站起身。結束之後回頭看看，得以坐在椅子上的時間十分短暫。沒時間消除長途跋涉的疲憊，他們再度朝向下一個目的展開行動。

＊

同一時刻，「札露露飢餓城」六樓司令室。玉音放送結束的瞬間，索爾維納雷斯・伊格塞姆元帥向屏息待在室內的軍官們下令。

「立即編成搜索隊。約倫札夫・伊格塞姆名譽上將及雅特麗希諾・伊格塞姆中校待遇官，率領以騎兵為中心的三千兵馬前往達夫瑪州搜索皇帝陛下。關於部隊編組的詳細情報將在五分鐘後通告。」

「喔。」「是！」

「移動中應避免無用的戰鬥。友軍預計駐紮在同州基地，首先先確認這一點並努力與之會合。

接著利用人數優勢搜索陛下。」

元帥以嚴肅的聲調淡淡地下達指示。約倫札夫上將覺得很有趣地開口。

「我希望一開始先區分清楚何謂無用的戰鬥和必要的戰鬥啊。」

「第一，遭受敵方勢力襲擊時允許反擊；第二，目的僅限於維持、擴大搜索範圍時，允許先發制人作為牽制。第三，確定皇帝陛下所在地後，目的僅限於保護玉體時允許決戰。」

元帥即刻回答。炎髮老將揚起嘴角露出凶暴的笑容。

「我非常非常清楚了——那麼走吧，迅速做好準備，雅特麗希諾。」

以這句爽快的台詞為信號，兩名伊格塞姆同時離席走出房間。

在走廊上往樓下前進的路上，老將向並肩而行的雅特麗開口。

「呼哈哈！聽見了沒，在這種狀況下召開皇室會議？害事態惡化根本是那道敕令唯一的意圖。儘管聽過傳聞，看樣子陛下被隻有夠惡質的狐狸給纏上囉。」

約倫札夫上將把困境付諸一笑，那傲慢的態度甚至令人覺得可靠。確認相隔許久後再會的叔公還是沒變，雅特麗也平靜地說道。

「……因為搜索範圍限制在達夫瑪州，情勢尚無法避免與雷米翁派的衝突。雖說行動需要謹慎，上將閣下打算制定怎樣的作戰方針？」

「要尋寶的話我等很有勝算，畢竟達夫瑪州的地形七成是平原。管他是搜索或戰鬥，都不會落後給雷米翁派那些臉色慘白的瘦竹竿。」

「地形上可以說對我等騎兵有利。可是這一次，雷米翁派的風槍兵大概將活用上將閣下現役時帶還不存在的新兵器。這一點還請留意。」

「膛線風槍？我叫部下拆開送來的樣品看過，確實是做得很精巧的玩具。彈道不偏移，對遠處標靶命中率也高。這樣子戰列裡都不需要槍兵了，也難怪泰爾辛哈那小子得意洋洋。」

儘管說來毫不經意，感想卻一針見血。明明脫離第一線時日已久，老將已經恰如其分地理解膛線風槍這項兵器的威脅。

「拿來當對手時，保持間隔的方法得做點改變……唉，交手一次後就習慣囉。話說回來，現在才重新和新兵器對戰啊，真叫我和年齡不相稱地渾身熱血沸騰。」

看著老將應付不了高昂戰意甩動右臂的樣子，炎髮少女發現自己操的是多餘的心。約倫札夫上將不是會因為一段空白期間就身手生疏的人物。

兩人下到三樓，為了省些時間一腳跨上附近的窗戶。

「您看起來很愉快，叔公。」

「那還用說？無論現在或從前，再也沒有比戰爭更愉快的事囉。」

彼此開著玩笑，兩名伊格塞姆一派理所當然地從窗戶一躍而下。

＊

聽到突然的玉音放送，雖然雷米翁上將心中激起對托里斯奈・伊桑馬無比的憎恨與殺意，但沒犯下再度失態的愚行。

他緩緩地做兩次深呼吸讓胸中盤旋的激情冷靜下來，重新面對會議室內的幕僚，視線霎時間集中到他身上。置身極度混亂的狀況中，所有部下都需要翠眸將領的領導。

「『舊日帝榮之州』……直率地想，是南方的達夫瑪州嗎？那邊的基地情況如何？」

「是伊格塞姆派的地盤，現在應該也有兩千多兵力常駐。考量到這裡的距離，並未包含在這次的軍事政變鎮壓對象內。」

露西卡中校淡淡地陳述事實。那份冷靜，對此刻的上將而言極為難能可貴。

「以方才的玉音放送為契機，當地軍力或許已展開搜索。不過皇帝陛下是否真的在達夫瑪州難以判斷。因為此舉有可能是托里斯奈的聲東擊西——甚至是卑劣的惡作劇。」

「就算這樣，敕命已下是事實。我們也非得行動不可，但是——」

環顧坐成一排的部下臉龐，雷米翁上將抱起雙臂思索。

「——當然，我無法離開這裡。這麼一來……搜索隊該交由誰來指揮？」

軍官們吞了口口水。這是個困難的選擇。不光是抵達目的地尋找皇帝就夠了，還必須在過程中發生的戰鬥及談判中取得有利形勢。盡可能避免武力衝突，又不顯露懦弱的態度遭對手輕侮，迅速找到皇帝加以保護——為此除了優秀的戰略眼光，還需要某種政治手腕。

「由我去吧。」

露西卡中校打破沉默。上將驚訝地轉頭看她。

「一面戰鬥一面搜索，一面搜索一面交涉——比起上將閣下，我自認反倒更適任於這種摻雜許多雜質的戰爭。應該能帶回不壞的結果。」

「妳嗎？不，可是……我並非懷疑妳的能力……」

翠眸將領含糊其辭。看他的樣子，相處多年的副官露出壞心眼的微笑。

「哎呀，我離開大本營會令您如此不安嗎？」

挑釁的說法讓雷米翁上將嘴角浮現苦笑。無論事實如何，統率萬軍的總司令官面對這個提問絕不能點頭。

重新體認到自己的責任，他搖搖頭。

「別太看輕我，露西卡中校。我早已超過需要保母的時期。」

「能夠聽您這樣說，我的不安也減輕幾分。雖然只有一點點。」

「妳還是那麼辛辣……」

乾脆地放棄繼續反駁，上將聳聳肩。再怎麼虛張聲勢，面對她都無從遮掩。畢竟他剛剛才在她面前驚慌失措過。

「我知道了，搜索陛下的任務就交給妳，但有一個條件。」

「什麼條件？」

「要平安歸來。這樣下去太不公平了，在現役期間，我至少也想目睹一次妳慌亂的樣子。」

正因為聽他這麼說，「冰之女」連眉毛也不動一下，以完美的動作向長官敬禮。至於翠眸將領笨拙的關心她是否感受到了，除去她本人之外唯有神知曉。

第三章

Alderamin on the Sky

烈將約倫札夫

要帝國中央南下至南方的達夫瑪州，利用幹道自然是最快的方法。然而，雷米翁派在掀起軍事政變的同時逐一封鎖了這些主要道路。因此約倫札夫上將率領的伊格塞姆派搜索隊和伊庫塔率領的「旭日團」分遣隊，首先必須解決這個阻礙。

「到飢餓城傳令，這麼轉告對方——本日下午五時整起，我方將派出前往達夫瑪州的三千人分遣隊。部隊由伊庫塔．桑克雷親自指揮。」

伊庫塔出發前下達的指示，令騎士團其他人頗為不解。

「喂，為什麼要告訴他們？在達夫瑪州的搜索活動是先下手為強吧。考慮到往後的發展，不是該盡量隱瞞我方的兵力及行程？」

「別慌別慌，聽好了馬修，別說啥先下手為強，首先我們自己不先抵達達夫瑪州什麼也做不了。比起搜索更必須先考慮的問題，是如何穿越被雷米翁派封鎖的幹道。」

「雖然說得沒錯，但這兩件事有什麼關聯……嗯？啊，這樣嗎！你有意跟伊格塞姆派合作行軍！」

「就是這麼回事。雖然幹道被封，那終究只是對外封鎖，既然是防止伊格塞姆派勢力從各地趕來的措施。應該沒設想過如何絆住自封鎖線內向外而去的大部隊。只要我們這邊人數足夠，多半能成功突破。」

馬修連連點頭，他身旁托爾威也露出理解的表情。

「到這裡和伊格塞姆派利害一致。如果他們和我們統一步調進軍，總兵力大概將達五千以上。就算把封鎖幹道的雷米翁派部隊規模估算得相當大，想來也難以絆住這麼多人的大軍。」

「便是如此。形勢傾向雷米翁派時就協助吃虧的伊格塞姆派恢復整體的均衡，反之亦然。眼前這個立場是我們的基本戰略。」

「所謂三分之計嗎……考試時國家戰略論考過。」

「國家戰略嗎？我們不知不覺間出人頭地了耶……！」

哈洛悠哉的感想逗得所有人哈哈大笑。

「……巍然不動也該有個限度啊。在妳口中，這情況也能用一句『出人頭地』總結掉喔？」

「啊哈哈……！但比起硬梆梆地強撐著，像這樣輕鬆地面對或許更好。吶，雅特麗小姐也有同──」

托爾威不經意的一句話使現場完全沉默，察覺失言的青年渾身一僵。他的發言，無比清晰地凸顯出所有人拚命別開目光不去看的欠缺。

沒有一個人能夠圓場。一旦認識到眼前張開大口的虛無，再如何掙扎也無法蒙混過去。所以他們才假裝沒看見，計算好不去碰觸。明知這樣走鋼索般的舉動不可能長久持續。

「……確認前進路線吧。各位，打開地圖。」

反正粉飾也只會心生淒涼。正因為明白這點，伊庫塔沒開玩笑緩和氣氛，僅僅事務性地轉移話題。連他也想不出除此之外的作法。

她不在——害怕直視那個事實，騎士團的眾人甚至未能正確地理解事情的嚴重程度。

指揮伊格塞姆派搜索隊的約倫札夫．伊格塞姆當場便體察「旭日團」送來的傳令意圖。他看出彼此利害一致，配合對方重新排定進軍行程，在出發不久後便與伊庫塔一行人在目視可及的距離外「會合」。

這狀況簡直是吳越同舟的範例，而雙方部隊之間充斥的氣氛比起友軍還是更接近敵人。現在只不過是碰巧彼此得失一致，只要狀況稍有變化，隨時都可能互相廝殺——連基層的士兵都能切身感受到雙方這樣的關係。

在血一般的暮色漸濃的黃昏天空下，約倫札夫上將愉快地笑著向身旁的雅特麗搭話。

「喂，對面的指揮官很不錯，相當厚顏無恥啊。叫伊庫塔．桑克雷來著？好像是個年紀輕輕的小毛頭，他是怎樣的傢伙？」

「要用一句話說明『他是這樣的人物』很困難，但請絕對別小看他。會露出破綻，但最後甚至能成功一擊將局面徹底翻轉，他便是這種人。」

「喔～居然能讓妳說到這個份上……打起仗來怎麼樣？是頭腦敏銳的參謀型，或是擅長前線指揮？」

「兩種角色皆能以高水準處理得當，但本質上並非好戰的人。比起殲滅對手的壓倒性勝利，更期望彼此無損傷的不戰而勝。在上降閣下看來或許會感到不滿。」

「哼，真沒趣。但我也不是啥不分是非的瘋狗，再加上這次是內戰，既然對方不想動手，那再好也不過啦。」

老將到這般地步才展現自己懂得分寸，但和所說的內容相反，那緊鎖雙眉的神情難掩不滿足。但責怪他沒有意義，對約倫札夫老將而言，對於戰鬥的渴望已近乎本能。

「唉，暫時要這樣手牽著手相親相愛地進軍。抵達達夫瑪州後大概沒法這麼和平——盡量期盼事情穩妥解決吧。」

臉上浮現與言語不一致的淺笑，約倫札夫上將單手拉扯韁繩。

＊

當伊格塞姆派與「旭日團」搜索隊從幹道南下，封鎖路線的雷米翁派部隊暫時讓路任他們通過。不如說，除此之外別無選擇。戰力差距大到無從嘗試防禦戰，即使可能，也沒有任何人期望大軍在此交鋒的愚蠢錯誤發生。

「動作快！現在分秒必爭！」

負責指揮維持中央鎮壓之餘所能動員的極限——七千人的搜索隊，雷米翁派參謀長露西卡中校往南前進。

帝都邦哈塔爾與中央軍事基地之間有幹道直通，兩者都在雷米翁派占據下，使他們現階段得以搶先出發。拜此所賜，已跟伊庫塔等人的部隊拉開四十公里以上的領先距離。

「……想要以不發生兵力衝突的形式阻礙進軍，只剩下阻斷交通本身這條路。所以，把前進路線上的橋全部弄斷。」

露西卡中校命令負責封鎖幹道的部隊任由其他勢力的搜索隊通過，但並不表示她放棄絆住對手。搶先走上相同路線的他們，可以對後面趕來的敵方勢力在時間與人力允許的範圍內做妨礙——說白了就是布置干擾用的機關。渡河後破壞渡橋是基本中的基本。

「……說歸這麼說，能顧及的地方只有幹道沿線的主要橋梁。目前既沒有時間破壞所有通往達夫瑪州路線的橋，而且這樣做的話連我們也無路可歸。如果將這方面也納入考慮，能爭取到三天——左右吧。」

可以迫使其他搜索隊迂迴繞路暫時足夠了——「冰之女」這麼思考。愈快抵達達夫瑪州，愈能在之後搜索皇帝時為自軍陣營取得有利的配置。這個優勢絕對不小，只要占住州內要地，等其他勢力抵達後依然能獨占廣大的搜索範圍。

＊

「嗯，離河很近。從這裡轉往西邊前進。」

展開進軍後第四天，擔任總指揮的伊庫塔指示順利南下的「旭日團」搜索隊調轉方向。率領夏米優殿下近衛部隊，身著輕甲的女孩聽到後不解地歪歪頭。

「西方——嗎？下官還以為要繼續朝達夫瑪州直線南下呢。」

「那樣行不通。繼續前進會碰到塔布蘭大河，但雷米翁派早一步走過相同路線，肯定破壞了沿路的主要橋梁。比起目睹後失望地折返，事先迂迴繞路才是上策。」

黑髮少年向露康緹准尉說明，同時用望遠鏡眺望東方。他的視野裡映出——率領伊格塞姆派搜索隊的先導部隊和我方步調一致但保持一定距離進軍的情景。

儘管隔開彼此的緊張感依然不變，他們似乎對在此改變方向沒有意見，也轉而向西行進。

「都不必派出傳令兵呢。對面有雅特麗在，這種時候互相理解很輕鬆。」

在伊格塞姆派搜索隊中帶頭的騎兵部隊由炎髮少女指揮。儘管只是從遠距離用望眼鏡看見她的身影，他們三天前便確認到這一點。看見雅特麗平安無事，騎士團眾人也暫時鬆了口氣。

少年通知大家她在何處的聲調顯得有些歡喜，每次聽到，走在他身旁的夏米優殿下就感到胸中一痛。可是——少女絲毫未將感情流露在外地開口。

「就此和伊格塞姆派聯手，促使雷米翁派投降——這樣不可行嗎？」

「如果是指停戰交涉的意思，最少在查明皇帝位置之前沒辦法。因為現在哪一方勢力都還有『獲勝』的可能性，此階段沒有同意妥協的理由。」

「這麼說的話，果然是掌握皇帝的勢力將贏得軍事政變？」

「事情沒有如此單純。唉～起碼透過敕命批准將行為正當化的陣營即為『政府軍』，在道義、感情上占上風。相反的，被按上『叛黨』烙印的勢力則會失去公眾大義，從那個瞬間起，無法避免士兵們的士氣低落。這對由保守派構成的伊格塞姆派而言是致命打擊，雷米翁派也會失去樹立軍事政權的正當決定性招數。不加掩飾地說，這會決定接下來的停戰交涉哪一方不得不退讓。」

「……你預計把榮譽讓給哪一方？」

「雖然只是稱不上預計的期望，如非我們親自保護了皇帝，我希望皇帝落在雷米翁派手中。只要拿出實際利益說服，雷米翁派會接受談判，但能夠抑制伊格塞姆派的只有皇帝權威。如果要讓其中一方取得優勢，應該選相對好對付的雷米翁派吧。」

「唔？我明白你的想法……但那不是從一開始就……」

應該與雷米翁派結盟限制伊格塞姆派？——儘管話已到喉頭，公主改變想法閉上嘴巴。假使這樣做，他們此刻必然已經和伊格塞姆派徹底為敵，或許等不到搜索皇帝就爆發了武力衝突。

察覺公主嚥回去的台詞，伊庫塔微帶苦笑地說明。

「……面對這個狀況，一旦分清敵我就完蛋了，公主。正因為彼此的關係流動不定，三路對立的秩序方可建立。現在我們與伊格塞姆派合作進軍，但到了達夫瑪州情形又將生變，得改為妨礙對方的搜索。當然，是盡可能以穩當的手法。

無論如何，我心中描繪的最終著地點，是對雷米翁派有利的平局收場。儘管怎麼說也要他們放棄樹立軍事政權，相對的，在軍方組織健全化議題上則要和伊格塞姆派之間達成明確共識。最重要的一點──是不管軍事政變爆發時屬於哪個勢力，事後沒有一人遭到懲處。也就是沒有戰犯。這很重要，畢竟我自己的首級也包含在內。」

伊庫塔以開玩笑的舉動指指自己的腦袋。停頓一會後，少年仰望烏雲密布的天空。

「如果一切順利進展──帝國軍的主流將轉移到雷米翁派，伊格塞姆的職責應該會伴隨變遷大幅減輕。換句話說，便是卸下重擔吧。她所背負的事物也將一起──」

伊庫塔注視著遙遠的天空低語。看見他的樣子就覺得難過，少女霎時別開目光。

「那是你所期望的光明之路……嗎？」

想著被那光明所燒灼的自己，夏米優殿下用顫抖的聲調喃喃地說。

出發後第九天。目的地達夫瑪州近在眼前，伊庫塔等人往西前進，和向東的伊格塞姆派搜索隊在敵視狀態下分道揚鑣。暫時沒發生小衝突，讓雙方勢力的士兵全都鬆了口氣。

到此為止的過程正如預料。包含早一步抵達的雷米翁派，為了避免初期無用的衝突，已事先決定好要在州內哪一帶紮營。

走最短距離首先抵達的雷米翁派搜索隊活用先到的優勢筆直從北側入州，自該地擴展搜索範圍。相對的，伊格塞姆為了彌補人力不足，從基地所在的州東側進入成功與友軍會合。

剩下的伊庫塔一行人則被要求行動上不與兩勢力重疊，因次近乎消去法地決定從西側入州。雖然免不了初期行動落於人後，對他們而言首要之務是不引起武力衝突，毫無違反原則也要交手爭奪陣地的意思。

「好，開始吧——各營朝負責區域前進！」

說完之後，伊庫塔開始對屬下軍官們下令。由於目的是搜索要人，將特地帶來的兵力固守在一個地點沒有意義。當前正處在先對每個營指定負責區域派遣出去，再依照個別指揮進行搜索的階段。

「走吧，小馬！」「喔！」

六個營朝指示區域再度展開進軍，指揮其中兩營的是托爾威和馬修。希歐雷德礦山攻略戰時大幅變更編組，階級上也晉升至上尉臨時官的兩人，在伊庫塔指揮下分別擔任營長。

「首先要確保補給中繼點，最少也得找個有水源的地方。」

「嗯，我看中了一個目標，是距離此地東邊四十公里外的昆瓦鎮。」

托爾威在攤開的地圖上指出一個點。他們率領的兩營一千兩百餘人，今後的任務裡也被指示要共同行動。微胖少年也理解地點點頭。

「還不錯。正好在我們負責區域的正中央，看來交通也很方便，還能期望鎮民提供協助。」

「不如說，要是不能指望的話就傷腦筋了。我們這次輕裝出行，為了避免損及機動力連輜重馬車都沒帶。」

「就算節省著用，手邊的糧草三天便會耗盡啊。唉，總得想想辦法。在自己國家裡餓死全滅，

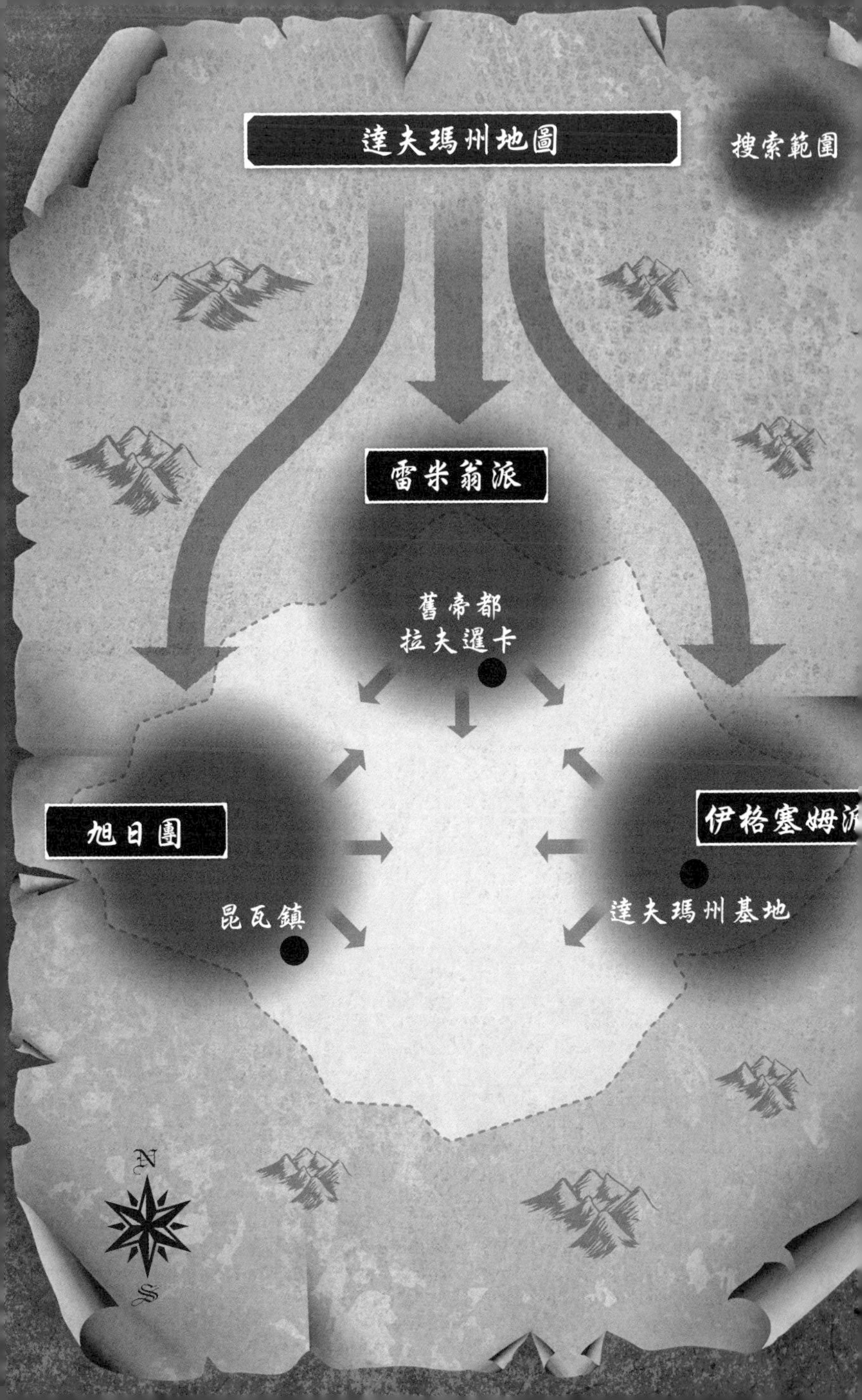
達夫瑪州地圖
搜索範圍
雷朱翁派
舊帝都
拉夫還卡
旭日團
昆瓦鎮
伊格塞姆派
達夫瑪州基地
N
S

那才是一直流傳後世的恥辱。」

馬修諷刺地笑笑。翠眸青年也露出笑容作回應，然後展開行軍。

＊

另一方面，比他們早四天進入達夫瑪州的雷米翁派搜索隊迅速設置好搜索總部，展開正式活動。

「報告！都內第一區至第七區所有房屋搜索完畢！未能發現皇帝陛下及宰相的蹤跡！」

「繼續清查房屋。地下室、倉庫、密室——連畜欄也別漏掉，徹底搜索。」

不帶感情的女聲命令著。在設於舊帝都拉夫暹卡文化館的司令所中，露西卡·庫爾滋庫中校不斷思量著部下送來的報告。城內已經有七成區域經過徹底調查，至今還未獲得皇帝所在地的線索。

「果然不在舊帝都嗎……？」

那聲低語只不過是做確認，露西卡中校並未十分焦慮——既然對手是狡猾的老狐狸，她不認為能輕易逮住狐狸尾巴。獵狐有相應的步驟，對照起來，現在還是往山中放出幫手驅趕獵物的階段。

「哇——非、非常抱歉！」

慌亂的聲音打亂她的思路。打開門正要走出房間的軍官似乎撞到什麼人，從門縫間看見那個高個子身影，露西卡中校開口。

「進來，少校。」

「打擾了。」受到催促的人物小聲地打過招呼後踏入司令所。

那名男子擁有超越群倫的端正相貌，帶著一股尖刻氣息。粗魯剪齊的短髮底下，略帶青藍的翠眸蘊含危險的光芒。與其說是野心的表徵——更像頭被逼到絕境的野獸。

「拉夫暹卡的搜索工作只剩最後收尾部分。事情交給第一營處理，我等也將對負責區域展開探索。請批准部隊出發。」

「我批准……不過，我有一個要求。你在這裡做深呼吸。」

男子聽到後皺起眉頭，但當「冰之女」瞪視他的雙眼，便坦率聽命反覆深呼吸。他的長官親眼確認過後頷首。

「你似乎很焦躁。理由我就不問了，但唯獨這件事你要記住——處在這種情緒下的你經常失敗。」

中校以教師口吻告誡眼前的對象。男子左右犬齒咬緊嘴唇。

「……在下將銘記在心。」

「能夠說出這番回答，你做得很好。達成任務吧。」

隨著最後這句話，男子敬禮轉身離去。走出門離開司令所，只見體格比男子壯上一圈的健壯軍人在旁待命。互相以眼神示意後，兩人一起邁步前進。

「出發嗎？大哥。」

「對，斯修拉。露西卡那老太婆也批准了。」

說著難聽的話，男子的手煩躁地從臉旁邊往上撥。雖然現在沒必要再這麼做，他還沒改掉留長髮時的習慣。

「機會終於來臨，擠掉礙事的傢伙前進吧。不管對手是伊格塞姆或『旭日團』，還是背叛出生家族和咱們為敵的弟弟……！」

不再遮掩危險氣息，薩利哈史拉格·雷米翁渾身洋溢殺氣。走在他身旁的斯修拉夫也無言地點點頭，配合激動的兄長加快步調。

＊

在接納托爾威等人的問題上，昆瓦鎮上演了一番爭執。應該說。居民從部隊到達前起就產生強烈的不安。雖然是透過不確定的傳聞，他們也察覺到中央發生了某些異變。在這個節骨眼造訪鎮上的軍人遭渴求情報的群眾包圍，反倒是必然的。

「通往北方的幹道被封鎖了！我聯絡不上人在中央的兒子，究竟出了什麼事！」

「那個玉音放送是怎麼回事？陛下平安無事嗎！」

「請、請等一下！各位請冷靜一點……！」

作為部隊指揮官出來直接問候民眾的托爾威被不安的鎮民團團包圍傷透腦筋。他不知道該怎麼安撫這樣的民眾，性情溫柔的他也無法豁出去貫徹軍人職務。

「請放心！我們接下來向各位說明原由！」

成長過程中與故鄉居民十分親近的微胖少年對他伸出援手。

「正如各位注意到的，帝國軍出現叛變部隊！我等正是來追剿叛變者的討伐隊！問題部隊很可能潛伏在這一帶，我等將巡邏保衛各位的安全！請給予協助！」

這是摻雜事實的謊言。簡直像伊庫塔幹的事啊，馬修一邊心想一邊繼續道。

「封鎖幹道是阻止叛變者逃跑的措施！雖然現在導致交通和運輸遲滯，但終究只是暫時性的，還請見諒！另外，陛下平安無事！先前的玉音放送正是證據——」

因為編造得還算合理，群眾的不安減輕幾分。經過約十分鐘的說服，感到他們咄咄逼人的氣勢緩和後，馬修沒錯過良機，拉著托爾威的手略為強硬地穿過人堆前進。他邊走邊在青年耳畔小聲地說。

「你真的很不擅長這種事耶！碰到那樣的人總之讓他們安心就行了！該怎麼對上前言後語等之後再考慮就好！」

「謝、謝謝你，小馬。不過沒關係嗎，那個謊要是被揭穿……」

「噓——！不會被揭穿，別說那是謊話！無論伊格塞姆派或雷米翁派，都不會刻意公然聲明『現在正發生軍事政變』吧！哪一方都不希望民眾知情，剛才我說的是應該全體共享的謊言！」

在這方面的指示上，馬修比伊庫塔更加講求實際。拜此所賜，托爾威等人終於和馬上現身自稱鎮長的中年男子展開交涉。

針對鎮民打點完畢後，購買糧食等各種物資都進行得很順利。做好這些準備後，他們立刻投入原本的任務。

「總之先從掌握周邊狀況做起。斥候部隊，行動開始！」

營長指令一下，兩個排的騎兵分成八個班奔出陣地。由三個連六百餘人組成的營兵種大半為風槍兵，但也包含少數負責聯絡、偵查的騎兵。至於燒擊兵、衛生兵、光照兵也一樣，活用一個兵種需要其他兵種的輔助。

「主力風槍兵部隊以連規模行動。搜索範圍朝東南方向擴展，但直到斥候歸來前別拉遠彼此的距離，保留在搜索附近地帶的程度。你或許會覺得我的安排有點膽小……」

「地形是平原，難以利用遮蔽物採取散兵戰術啊。這樣的話我們步兵只能靠集團行動保護自己……我沒有意見，謹慎行動吧。」

馬修也表情嚴肅地同意托爾威的意見。從現階段開始，兩人的神情都不復從容。

他們的部隊負責搜索範圍的外圍，行動中接觸其他勢力部隊的可能性最大。他們要確實監視被指派的區域，若有外敵入侵必須加以驅逐。

當然，此時發生戰鬥的可能性極高。以牽制為目的的小戰鬥也會死人——不如說，沒死上幾個人發揮不了牽制作用。他們接下來要步入的戰場，宛如加水稀釋過的毒藥。就像持續飲用遲早將達到致死劑量，持續走下去遲早將互相殘殺。

「……如果我方有更多騎兵會輕鬆得多啊。雅特麗那傢伙真是的，偏偏在這個緊要關頭不見人影。」

翠眸青年苦笑著回應馬修的抱怨——希歐雷德礦山攻略戰中動員的騎兵，歸國後大半跟隨雅特麗一同與伊格塞姆派會合了。因此現在伊庫塔率領的「旭日團」嚴重缺少騎兵。將人員分派到偵查、傳令上後，已沒有騎兵可供戰力運用。地形七成為平原的達夫瑪州，這方面的欠缺是個重大不安因素。

「……現在雅特麗小姐一定也很辛苦。這次只能靠我們努力了。」

「哼，那還用說。那傢伙不在沒什麼大不了的，只是——」

目光從青年身上別開，微胖少年不經意地眺望他們前來的北方地平線。

「——等一切結束以後，我想找平常的老面孔聚聚啊，想和大伙一起在中央基地的軍官餐廳吃那毫無起色的伙食。」

「……嗯，會的，小馬。我們正為此而戰。」

托爾威竭盡全力強而有力地打包票。馬修也大大地點個頭。為了實現共有的小小心願，「騎士團」的兩名成員開始行動。

＊

「初期布陣算是完成了吧！用將棋來說，是棋子終於擺完的時候。」

另一方面，在馬修等人後方設置的野戰總部內，伊庫塔與夏米優殿下正和桌上的地圖大眼瞪小眼。自軍事政變爆發後近一個月，先前判定為兩個月的時限正好來到折返點。

「終於能夠展開搜索了。不過從地圖來看，搜索範圍似乎有些太偏州南邊……？」

看著地圖上以扭曲橢圓形標出的搜索預定範圍，公主納悶地問。黑髮少年向她搖搖頭。

「這樣就好。不如說，這是唯一的選擇。我們在兵力數量和騎兵數量上分別遠遜於雷米翁派及伊格塞姆派。再怎麼掙扎，也無法像他們一樣擴大搜索範圍。這麼一來只能行寡兵之道——挑準關鍵處預先下手。」

「預先下手……這是派兵繞到南側的理由？」

「沒錯。雷米翁派由北邊南下，伊格塞姆派從東邊往西南走，我們則從西往東南搜索。因此這個包圍網必然愈往南愈會縮小，搜查愈是進行，皇帝存在的可能性愈被限定在州內南側的狹窄範圍裡。」

「那是沒錯，但不會在過程中被其中一方勢力發現嗎？」

「那事情就此結束。如果雷米翁派或伊格塞姆派在自軍搜索範圍內發現皇帝，我們無從插手

——不過，那樣也好。我們的首要目的是防止大軍發生武力衝突。舉例來說，要是雷米翁派明天發現皇帝，被逼到絕境的伊格塞姆派或許會考慮動用武力奪回。此時我們的存在便派上用場。一旦發生武力衝突，無論哪一方獲勝事後都將兵疲馬困。我們或許能坐收漁夫之利——只要促使他們想像那個可能，兩方就無法輕舉妄動。至少難以掀起大規模的決戰。」

「唔，我理解我等的存在能像這樣發揮作用，可是……」

「就像是某種平衡器。棘手的反倒是一直找不到皇帝的情況。當搜索範圍侷限在州南側，叫人不爆發衝突反倒困難，那等於是想在一間狗屋裡關三條狗啊。不過，這種可能絕不算低才是麻煩的地方。獵人從北、西、東三個方向追逐過來，狐狸自然會往南逃吧？」

「……你是說托里斯奈不只純粹躲藏起來，還會逃避搜索？」

「如果快要被輕易找到的話當然會跑囉。令這場軍事政變無用地陷入混亂，盡量延長勢力之間的對立，盡可能折磨我們——儘管動機完全無法理解，對那傢伙來說這樣才會心滿意足。否則的話，情況打從一開始就不會變得如此荒謬。」

用苦澀的口吻唾棄地說完後，伊庫塔忽然露出認真的神色。

「……沒錯，這不是尋寶遊戲而是獵狐。其他勢力的指揮官多半也注意到了吧。正因為如此，三方選定初期位置時都很順利。因為將退路限定到單一方向，符合所有人的盤算。」

「原來如此，現在是驅趕獵物的階段吧……可是這樣一來，派兵繞至州南側的不可能只有我等。」

「正如妳所料，在完全找不到皇帝的情形下，最終所有勢力將聚集到州南側。我剛才說的預先下手，就是指防備那個發生機率很高的狀況。具體來說——我想趁著狀況陷入僵局前，事先在州南端確保據點。」

少年這麼說明自己的計劃，緊緊抿起嘴唇。

「……正因為如此，我才派手頭部隊裡最為信賴的托爾威營執行那個任務。雖然是非常重要的任務，但很可能遭遇抱持相同意圖的其他勢力部隊，危險性極高……危險到可以的話，我想親自前往。」

伊庫塔的雙手在地圖上緊握成拳。公主猶豫過後，小心翼翼地將手疊在他的手上。

「……不只托爾威，馬修也在一起吧。既然你信賴同伴把任務託付給他們，就別再回顧反思。他們兩人一定會辦到。」

「我當然這麼認為。可是——因為這是戰爭。不合理、不講理，不知道會發生什麼事。」

注視著地圖上的一處，托爾威和馬修此刻應該正行經的地點，少年一臉嚴厲地呢喃，一心盼望兩人平安。

＊

自昆瓦鎮出發一整天後，托爾威等人對周遭保持警戒往東南進軍。

無邊無際延伸的綠野，乍看之下找不到任何危險氣息。除了悠哉吃草的羊群，沒特別遇上什麼東西。太過洋溢田園情調的景色不斷延續，大多數士兵漸漸放鬆緊張感——然而……

「……這裡總讓我覺得心神不寧啊。是在北域太過習慣山岳戰鬥的關係……？」

率領一營士兵的馬修本人，自出發以來始終感到神經焦灼不安。他每隔一分鐘就環顧四面八方的地平線確認毫無異狀，然後安心片刻——如此一再反覆。

當然，他自覺到自己變得很神經質，卻沒有停手的意思。因為事前黑髮少年再三對他囑咐過，他的憂慮並非杞人憂天。

「……雖然地形單純，也不能以為這是趟安穩的旅程……嗎？」

回想伊庫塔的忠告，微胖少年悄悄低語——一望無際的平緩平原，反過來看也代表這是片小把戲不管用的地形。如果遇見兵力在我方之上的勢力，人數差距將直接導致戰敗吧。這種場合下必須盡快逃跑。

意即早期發現敵蹤正是生存祕訣，絕對不容鬆懈。前往達夫瑪州的行軍途中，伊庫塔這麼建議同伴們。

「偵查工作交給先遣騎兵排負責，為防襲擊，行動時和托爾威率領的營別拉開距離……不要緊吧。這樣子應該沒問題，嗯。」

微胖少年彷彿要說服自己似的一再點頭。

根據他們的預測，這趟行軍中遭遇的敵方部隊最大頂多為營規模。要徹底搜索廣闊的達夫瑪州，每一方勢力都不得不將兵力細分運用。考慮到這個前提，「旭日團」才安排了兩個營的風槍兵戰力。就算現實推翻預測，遭遇規模遠超過一個營的敵方部隊，到時候只要迅速撤退即可。由於行動上計畫在當地籌措兵糧，現在馬修他們裝備極為輕便，面對同屬步兵的追擊不可能逃不掉。另外，若敵方部隊規模與我方相差無己，因為彼此都不想見到同歸於盡的結果，根本不會發生戰鬥。

問題在於對手為騎兵的場合，但這種情況下，實際上很難想像將遭遇營以上規模的騎兵部隊。為達成搜索皇帝的目的，這樣的兵力運用毫無效率。因此可以推定搜索中遭遇的騎兵部隊頂多為連級規模。

若是一個連──即兩百人左右的騎兵，靠馬修他們也應付得來。如果人數更多實在吃力，但只要和在不遠處行軍的友軍會合，到時候戰力比就會逆轉。在發現敵蹤的同時敲響警鐘，到會合需要二十分鐘──即使對手是騎兵，這點時間也不是爭取不到。

「……沒錯，我們準備周全。無論以什麼形式遇襲都能夠因應，部隊毫無破綻。所以──拜託，就這樣直到最後都別發生任何事吧……！」

環顧一圈確認現狀，馬修的思緒最後以祈禱作結。由於他的表情過於嚴肅，身旁的副官一度猶豫著該不該開口交談──但來不及等他決定，警鐘打破少年真切的願望，在陰沉的天空下傳遍四周。

「──！」

馬修瞪大雙眼，士兵之間也掠過一陣緊張。微胖少年側耳聆聽警鐘。兩下·一下·一下──接著重複。在通知敵襲的銅鑼音色裡，這個組合只代表一個意義。

「一個敵方騎兵連接近中！防備襲擊，組成方陣！」

馬修下令的聲音毫無迷惘，士兵們像大夢初醒般開始行動。構成各連的五排中的四排分別將四十名兵卒排成三列形成一邊呈九十度角組合起來，以綠色平原為畫布，士兵們的戰列描繪出絲毫不亂的正方形。三個連總共組成三個方陣。

「敵方勢力進入目視距離！」「沒時間了，快點整列！」

剩下的一個排在正方形內側環繞指揮官組成小圓陣，站在他們中心的馬修從懷裡取出望遠鏡抵著眼睛試圖捕捉逼近中的敵人蹤跡。

「距離、距離怎麼樣了……？」

狹窄的視野中，少數騎兵自眼前奔馳而過。馬修一瞬間嚇了一跳，但那是通知敵襲的我方偵查部隊。又經過幾分鐘後——目標出現。東南的地平線上映出掀起沙塵逼近的騎兵集團，微胖少年撇撇嘴。

「速度比預料中更快，剩下不到兩公里！全員上刺刀！」

組成正方形方陣的全體風槍兵回應命令分別為風槍上刺刀。第一列單膝跪地，第二列站立，第三列從前列同伴之間探出槍身，各自擺出射擊姿勢。在形式上完成的方陣中心，馬修依然影視著望遠鏡下的敵蹤。距離已接近到可分辨出對方的軍裝。

「輕裝騎兵——開始展開橫列了！……喂，數量似乎很多？」

「看來有四百人！應該是兩個連，或非正規編成的營！」

是偵查部隊錯認了敵軍規模吧。馬修聽到副官的修正後臭罵幾句，目光仍然鎖定敵蹤不放——輕裝騎兵兵種的特色在於輕便帶來的機動力，主要裝備為軍刀和附短槍的弩弓。鎧甲通常為輕甲，或不穿戴任何鎧甲。比起裝備鎧甲與戰戟的重裝騎兵，衝鋒時的攻擊力雖然略遜一籌，但疾馳速度是他人難以企及的。

「進入衝鋒態勢了！可惡！戰意滿滿啊！連事前警告都沒有喔！」

輕裝騎兵對他來說並非陌生的存在。豈止如此，說不定還是平常最常目睹其活躍場面的兵種之一。鉅細靡遺地想起那些記憶的瞬間——在腦海中飄揚的炎髮身影，令少年停止思考。

——難道，那是那傢伙的部隊……？

「進入有效射程！營長，請下令！」

副官摻雜焦慮的叫聲將馬修拉回現實。想起現在沒有時間迷網，馬修像要扯斷猶豫般拉開嗓門。

「開——開始一齊射擊！比起人優先瞄準馬！」

「Yes, Sir！」「舉槍，瞄準……」「開火！」

壓縮空氣的破裂聲伴隨號令合唱起來。射出的無數子彈迸出空中迎擊敵方騎兵，因馬匹中彈失去控制的數騎落馬。他們反覆一齊射擊數次——但敵人的勢頭並未減弱。

「來了！舉高槍劍～！」

迫近咫尺之遙的騎兵衝鋒——那速度與重量感宛如湧來的海嘯。在害怕得表情抽搐的士兵們中心，馬修緊抓的五指也深深陷入顫抖的肩頭——冷靜點，有方陣在一定撐得過去！

出於自衛本能，馬會在比視線更高的障礙物前停住腳步，因此沒辦法直接撲向高高舉起的槍劍柵欄。即使前面的士兵折損，方陣本身應該能平安堅持下來……！

在緊張屏息的馬修眼前，敵方騎兵的帶頭集團終於到達方陣。做好承受衝擊覺悟的士兵們一起擺好架勢。然而──他們以雙手舉起的槍劍出乎意料地並未傳來馬身的沉重觸感。

「──咦？」

視野忽然轉暗。因為自天空射來的陽光被躍過頭頂的馬身遮蔽住了。士兵們正對這不可能發生的景象張口結舌，乘載整頭馬重量的馬蹄毫不留情地往那毫無防備的頭顱踩下。

「啊──？」

敵方騎兵輕鬆躍過槍劍槍林。在宛若惡夢的狀況前加速的思緒，喚醒馬修的一個記憶。

──遠在少年出生前，在與齊歐卡的戰爭最為激烈的一個時期，人稱帝國軍第一猛將的男人擅長的戰法。憑藉反覆琢磨到甚至扭曲馬匹本能的馬術來施展的跳躍衝鋒。據說他們從不外側擊垮敵軍方陣，而是跳進去從內側打破防禦陣型。

與別名烈將一同被記錄下來的戰場傳說。其名為──約倫札夫．伊格塞姆的跳騎兵部隊。

「──太扯了──！」

迸出喉頭的吶喊彷彿是對神的抗議。使戰爭成其為戰爭的要素──據黑髮少年所言，是不合理與不講理。這對邪惡的雙胞胎此刻正以可想像範圍中最凶猛的形式襲向馬修．泰德基利奇。

「哈——呼呵呵呵呵呵！」

飛揚的塵土，迸散的血花，不分敵我響徹四周的粗野叫聲。置身令人懷念的戰場音樂中，帝國陸軍名譽上將約倫札夫．伊格塞姆打從心底感到歡喜。流經全身的熱血愈發洶湧，他甚至感覺彷彿恢復了昔日的年輕。

老將自己也在衝鋒中目睹了部下們往敵部隊方陣撲去的身影。經過四十年歲月後再於世間復甦的他的利牙，跳騎兵部隊。儘管從前部下至今還在的只要單手就能數完，在成員方面等於完全是另一支部隊，其威脅則繼承了傳說中的威力。

衝鋒最前列配置馬術高手，發揮輕裝騎兵獨有的輕盈以跳躍一口氣衝進方陣內側。趁著他們從內側混亂敵軍，後續同伴的衝鋒再一口氣使方陣本身潰散——這便是烈將約倫札夫擅長的跳躍衝鋒戰術全貌。被利牙咬中的獵物，通常連反擊機會都沒有就直接敗退，但是——

「……嗯嗯？」

下一瞬間，約倫札夫上將皺起眉頭凝視。敵方的指揮沒想像中來得紊亂。

他仔細觀察，發現原因出在方陣內側組成圓陣的排。他們一面對付跳進去的騎兵，一面奔向方陣受創最大的一邊修補破洞。一個看來才十幾歲的微胖少年在圓陣中心揚聲大喊。

「別退縮，繼續一齊射擊！一旦方陣崩潰就完了！」

少年呼籲同伴，自己也手持上了刺刀的風槍加入戰鬥。和構成方陣四邊的槍兵相比，內側那些人的風槍槍管截短兩成，是犧牲射程專門因應混戰的獵兵。正因為如此，才能夠應付出乎意料的白刃戰。

「喔～有意思！」

看出對手的奮戰，「獨臂的伊格塞姆」再也按捺不住。他不顧副官的制止一拉韁繩，親自衝進已如風中殘燭般搖搖欲墜的敵軍方陣。

「挺善戰啊，小傢伙！我承認拿下你的首級算戰功！」

來不及注意到老將那標明身分的炎髮和獨臂，自馬上揮落的軍刀一路收割附近敵兵的性命。當他迅速砍死第三人時，微胖少年也察覺對手的存在。少年活像看見怪物般瞪大雙眼——在他目光所及之處，老將揚起淺笑盯準目標。

「喝啊！」

就像在說小把戲沒有用，他對準獵物筆直地衝了過去。發現他目標是長官的士兵們展開防禦，卻慢了一步。宛如跨越路旁的小石子，約倫札夫上將以擅長的跳躍從堵住去路的士兵頭頂飛躍而過。

「喔啊！」

在滯空途中，他與呆站在著地點不動的馬修四目交會——好了，你要怎麼行動？往右逃我就用軍刀斬首，往左逃則用馬蹄踩爛你。無論怎麼選都無路可逃！

但微胖少年採取的行動並非這兩個選擇。那一瞬間，他做好覺悟緊閉雙眼，對準飛撲過來的馬身一頭翻滾到地上！措手不及的約倫札夫上將沒法子攻擊從視野消失的對手。

馬身發出沉重的聲響著地。順著慣性往前奔去的路上，頸背感受到殺意的老將猛然壓低上半身，子彈伴隨清脆的聲響掠過一秒鐘前他頭部所在的位置。

他驚訝地回過頭，那個微胖少年居然以摔在草地上的姿勢舉著風槍。

「——哈哈哈！很頑強嘛小傢伙！」

就這樣衝回去再打一場——老將半認真地考慮著，但馬修身邊的士兵們一個接一個將槍口對準他，實在不能再逗留下去。約倫札夫上將往殺進敵陣時的反方向繼續疾馳，穿越快要潰散的方陣脫離現場。好幾發子彈追逐他的背影，但連一發也沒射中。

「興致來了，再來一擊！你們這些傢伙先拉開距離！」

極盡暴虐之能事的騎兵部隊結束第一波衝鋒穿越而去。領會老將的意圖，士兵們已在數百公尺外重新組成橫隊。

「那個小傢伙，年紀輕輕倒是經歷過激戰前線啊！跟過來，混帳們！方陣已經搖搖欲墜，直到最後別大意。在補上致命一擊前絕對——」

說到一半，約倫札夫上將望見一名部下毫無前兆的落馬。

「咦——？」「喂，怎麼了！」

周遭的同伴錯愕地看著那名一頭栽倒在草地上的士兵，但其中又有三人遭遇同樣的命運。察覺異變的老將環顧附近一帶，在重組中的隊列北側——平緩的丘陵彼端找到了原因。

「槍兵部隊……？開玩笑，竟然能從那麼遠的距離瞄準！」

來。

距離超過三百公尺。只見那群士兵的子彈，從遠比約倫札夫所知的滑膛風槍射程更遠的位置射

「繼續狙擊！別給敵人機會重整隊列！」

托爾威率領的狙擊部隊自小山丘上持續展開支援射擊。穿越長距離襲來的射擊，接二連三將炎髮老將率領的騎兵部隊成員送入永眠。

即使目睹成果，翠眸青年還是焦慮不已。因為從遠處也能分辨得出同伴受到多嚴重的損傷。

「我們來遲了……！再受一次衝鋒，那方陣就要支撐不住！」

為了救援同伴，一發也不許落空。這麼告誡自己，托爾威和部下們一起扣下風槍的扳機。為遙遠距離外的敵軍帶來死亡的子彈，變得愈發精準——

來自遠方的射擊一發接一發奪走同伴的性命。面對昔日戰場上絕不可能發生的狀況與令人膽寒的景象，約倫札夫上將立刻放棄繼續交戰。

「那就是傳聞所說的狙擊部隊……？這可不妙，撤退！全體成員撤退！」

不執著於獵殺到一半的獵物，判斷時機已至的老將率領部隊開始撤退。子彈依然執拗地往他背

影傾注而下，但全部超出有效射程沒造成傷害。

確定撤離至安全範圍後，「獨臂的伊格塞姆」回味起在他漫長戰史中留名的新一戰。

「這就是現代戰場嗎……！和雅特麗說的一樣，果然不好對付。」

老將高興地低語。遭遇預料外的反抗，承受預料外的反擊。為這個事實感到戰慄之餘，他胸中湧上的情緒是無盡的歡喜。

老將嘴角綻開無從壓抑的笑容。他比任何人更加深愛戰爭的不合理與不講理。與那對雙胞胎如情人般彼此依偎正是烈將約倫札夫的人生，賭上一生與戰爭相伴是他的夙願。所以……

「啊啊──活得長果然有好處。」

男子露出孩子般無邪的表情說道，同時深深體會著以年老體衰之軀從戰場活著歸來的幸運。

看見敵方部隊撤退，托爾威等人即刻中斷射擊衝下平緩的山丘奔向友軍方陣。

「救護工作開始！以班為單位替傷兵包紮！」

正確的說法，或許改成曾經是方陣的隊列更適合。三個方陣中受創最深的一個彷彿被巨人手掌攪爛過一樣，早已維持不了正方形的原型。

「營、營長呢？小馬在哪裡……！」

托爾威帶著接近恐慌的神情在痛苦呻吟的傷兵之中掃視，但熟悉的聲音很快傳入耳中。

「這裡，托爾威……我在這裡。」

一認出對方好好地站著呼喚自己的身影，放下心頭大石的托爾威差點雙膝一軟跪倒。他直接奔向微胖少年身旁。

「小馬，幸好你平安無事……！太晚趕來支援，我擔心來不及了！」

「嗯……老實說，連我也不知道自己為什麼還活著。吶～你敢信嗎？馬蹄可是踏凹了我頭兩旁的地面喔？從正下方看著衝刺而過的馬腹，世上有這種經驗嗎？」

馬修試圖靠饒舌來掩飾遲來的恐懼。托爾威等了一會等待他冷靜下來，環顧周圍再度開口。

「受創相當嚴重啊。敵人看起來是輕裝騎兵，卻在短短時間內把方陣破壞到這種程度……」

「那不是普通的輕裝騎兵，是傳說中的跳騎兵。由『獨臂的伊格塞姆』本人指揮。」

即使聽見那個名字，托爾威還以為是玩笑話或某種比喻。可是，微胖少年以十分嚴肅的態度往下說：

「是那個烈將約倫札夫。炎髮獨臂，貨真價實的本人。早就退伍年過七十的老爺子，單騎衝進方陣中央，帶著笑容筆直地對準我殺過來……要不是有船長保佑，我或許真的死定了。」

馬修邊說邊望著從懷中掏出的指南針。那是與海軍告別之際，波爾蜜紐耶．尤爾古斯交給他保管的護身符——偉大的船長喀爾謝夫的遺產。他覺得是船長的好運氣救了自己一命，打從心底感謝海盜軍始祖及作為其後裔的女子。

「……遭受騎兵衝鋒時，帶頭的傢伙突然飛躍我方的戰列。不是衝過來，而是像字面意思般靠跳躍越過，我從沒見過如此輕盈的騎兵部隊。我看連雅特麗的部下也效仿不來吧？」

「怎麼可能……不，如果傳說屬實那就是真的。照當前的狀況，為了補充缺乏的人力召集退伍軍人也不稀奇。約倫札夫老將大概也是因此重歸戰場……」

「就算重回戰場，正常人會親自率領騎兵四處跑嗎～？雖然不記得詳情了，他退伍時應該已經升上將級軍官！我記得後來又獲頒榮譽軍階，現在是中將或上將——總之是堂堂高級將領！哪是可以在前線到處跑的身分！」

馬修口沫橫飛地大喊。對襲向自己的不合理與不講理抱怨過一番後，他神情苦澀的望著周遭的部下。

「有一個連幾乎全毀。考慮到照料傷兵的問題，這樣下來我帶的營戰力只剩一半。重傷者也很多，不盡快抵達下一個據點讓他們休養的話……」

「乾脆掉頭……不，不行。我們還沒達成任務。」

「說得也對，現在比起昆瓦鎮更接近下一個目的地，還是幹到底更好。從剛才敵方部隊撤退的方向來看，我們的據點候選地還無人占據的可能性很高……我覺得啦，大概吧。」

馬修沒自信地說。表情僵硬地點頭贊同他的意見後，托爾威也開始指揮部下搬運傷兵。

兩人的部隊在當天傍晚抵達下一個據點。

與州內稀少的森林地帶鄰接處有座村莊，他們在那裡補充了些許物資，野營陣地則設置在附近的山丘上。山丘南側面向森林，因此除了高地優勢外，還有緊要關頭能夠躲進樹林裡的優點。不用說，選擇這個位置是為了防備騎兵襲擊。

先前戰鬥中出現的傷亡之中，傷勢特別嚴重者託付給村莊，剩餘輕傷者則奉命在據點休息。包含照料傷兵的士兵在內，馬修部隊出現超過兩百人的非戰鬥人員。

面對自軍消耗過劇已難以稱之為營的慘狀，微胖少年長長地嘆了口氣。

「本來人員就比其他營少，兵力又從一開始就被消耗掉那麼多……」

「嗯，很吃力……不過，約倫札夫閣下的部隊沒發出警告就直接襲擊吧？反過來說，豈非代表這附近對他們而言也是搜索的要地？」

「唉，『獨臂的伊格塞姆』都親自出馬，他們在戰略上很重視這一帶肯定沒錯……這表示往後雙方的搜索標的也會重疊。雖然不願意去想，之後還得再跟那個可怕的老爺子交手嗎……？」

想起老將凶暴的笑容，馬修不禁發抖──此時，在他身旁俯瞰黃昏平原的托爾威，在遠比他人更加廣闊的視野中發現同伴正往陣地馳騁而來的身影。

「斥候回來了。這下能得知周邊狀況了，小馬。」

不到十分鐘後，對周邊偵查完畢的騎兵部隊隊長歸納好部下呈上的報告，來到馬修和托爾威面前，向兩名年輕的長官敬禮後開始報告。

「周邊兩公里偵查及指定地點的觀測工作完成。目前在巡哨線內沒有敵蹤。但根據斥候報告，位於東邊二十二公里處的據點候選地及再往東二十公里處的探索預定地皆被其他勢力部隊占領。」

「果然被搶先一步……知道占據兩地的各是哪一方勢力嗎？」

「非常抱歉，因擔心被敵軍發現未能靠近，這方面的情報並不清楚……所知的只有兩邊敵方部隊的規模。前者約為兩個營，後者約為一個營。前者步兵較多，後者則是以騎兵居多。當然，這純粹指在陣地內能確認到的兵卒。」

「他們當然都會放出兵力在外搜索及偵查，雙方的兵力估算應該都要再加一個營。至於勢力，推測位置較近的是雷米翁派，較遠的是伊格塞姆派較為自然？」

「嗯～……依據是兵種的比例，但還是不夠牢靠。真想獲得確證而非用推測的……」

托爾威抱起雙臂沉思，不久後便擬定方針抬起頭。

「……好，不用斥候，改派出傳令兵。先去較近的對手那邊，如果真是雷米翁派部隊，那就尋求今後的協助。」

「嗯，是該這樣幹。伊庫塔那傢伙也說過，如果我們沒找到，希望是雷米翁派找到皇帝。我也不想光靠我們單獨和那個凶暴老爺子再打一場。」

馬修也沒有異議。能締結合作體制自然極好，光是約定不妨礙彼此活動的敵人也將少掉一半。不過，他不認為事情會進行得那麼順利。

「問題在於對方答不答應。即使機會不大也有挑戰的價值……如果要展開交涉，可以交給你負責嗎？」

被馬修一問，青年渾身僵住。停頓好一陣子之後，他緩緩地頷首。
「嗯，由我來……再怎麼樣，我也是雷米翁家的兒子。」

＊

清澈的水面沉入黑暗之中，但唯獨蛙鳴與蟲鳴變得比白天更加喧鬧。阻礙思考的雜音，使薩利哈史拉格．雷米翁在設於湖畔的我軍陣地內咂咂嘴。
「嘖……所以我才討厭在水畔設野營。一整夜呱呱呱地吵得要命。」
「要忍耐，大哥。」
「嗯，我知道。咱們特地為了防備騎兵襲擊布下背水之陣，我才不要被伊格塞姆的老頭雞姦。」
這麼回答弟弟斯修拉夫，雷米翁家的長男從鼻孔哼了一聲。他們也希望盡量遠離騎兵的威脅，選擇這個地點布陣。
背對湖泊設置的陣地不僅防止來自背後的襲擊，騎兵也幾乎不可能正面突襲我軍。因為騎兵部隊發動突襲後非得繼續筆直地向前奔馳，擊破敵人後一頭衝進湖裡也沒有用。
相反地，背對湖泊有著遭受攻擊時無路可逃的可怕缺點。鑒於地形特性，在古代也是用來刺激無心戰鬥的士兵使出全力奮戰的戰術。但只有這次，不需要這樣的效果。他們選擇沒有退路的陣地，純粹是因為確信自軍為周邊一帶最大勢力，也有援軍可指望之故。

「三個營一千八百人……被那老頭削減過後，現在實際上大概剩一千六百人？」

薩利哈史拉格很不痛快地喃喃說道。他也和托爾威等人一樣，為了搜索剛來到達夫瑪州南邊，就面臨約倫札夫的襲擊洗禮。

「算了，人數儘管寒磣，要應付狀況是夠用了。對付騎兵的對策在下次交手前也會備妥——管他伊格塞姆派還是伊庫塔．索羅克一黨，乾脆一起解決掉吧。」

男子的表情殺氣騰騰。當斯修拉夫簡短地附和，部下快步走了過來。

「向少校報告！其他勢力的部隊剛剛派來傳令兵！是在西方二十二公里外丘陵處設陣的『旭日團』搜索隊！」

聽見那個名稱，薩利哈史拉格皺起眉頭。因適逢非常時期緊急晉級，如今他官拜少校。「繼續說。」他以嚴厲的口吻催促部下。

「是。似乎是提出請我方協助進行搜索活動，信件您要過目嗎？」

接過遞上來的信件拆封，薩利哈史拉格目不轉睛地瀏覽內容。信上簡潔地陳述了期望雷米翁派部隊協助搜索皇帝的要旨以及理由。主張還算有道理——但一看見文中紀載的署名，男子額頭冒出青筋。

「……一介叛徒也敢要求合作，那個混蛋，一陣子不見臉皮變厚啦……！」

聽到這句咒罵，斯修拉夫不必看信也察覺情況。他以淡淡的語氣確認。

「那邊的部隊指揮官是托爾威嗎。合作具體上是指什麼？」

「不干涉彼此的活動，共享情報，封鎖伊格塞姆派──開哪門子玩笑。」

薩利哈史拉格動手把信件捏爛，將紙團扔回部下手中。

「這樣告訴傳令兵。『和叛徒不談合作，敢礙事就宰了你們』。」

「口、口頭傳達就行了？」

「你聽到我剛剛說的話了吧。」

「……是！」

當他露出冷酷的眼神這麼說，部下顫抖著轉身離開。弟弟對兄長拒絕要求的判斷聲調平靜地提問。

「這樣做好嗎？大哥。」

「哪有什麼好不好可說的。誰能斷定那些傢伙沒對伊格塞姆派提出同樣的提議？無論要互不干涉、共享情報或封鎖敵軍，缺乏信賴都辦不到。而我當然不可能信賴他們。現在小托爾可是那個伊庫塔・索羅克的走狗，誰知道肚子裡在打什麼鬼主意。」

薩利哈史拉格唾棄般的說完後掉頭就走。踏著粗暴的步伐朝司令所的帳篷走去，他以低沉粗啞的嗓子呢喃。

「還想像模擬戰時那樣使詐也沒用，別太看扁你哥，小托爾……！」

＊

同一日深夜，面對只帶回簡短又散發危險意味傳言的傳令兵，托爾威愕然地抱頭苦思。

「這個答覆……是大哥，一定沒錯……！」

從小一起生活，身為弟弟獨有的直覺使青年察覺那個事實。「嗚呃～」馬修聽到後也表情扭曲。

「薩利哈史拉格上尉是那邊的指揮官……？開玩笑吧，雷米翁派的人力資源管理究竟怎麼搞的。」

清晰回憶起過去在模擬戰中的種種，也難怪馬修冒出這番感想。托爾威無力地搖搖頭。

「小馬，最好別輕視大哥。模擬戰時是大哥從一開始就沒把我們放在眼裡，再加上阿伊的策略才占了上風。其實他並非能輕易戰勝的對手。」

「是這樣嗎？老實說，我對他沒有好印象……」

倒不如說印象中都是他醜態畢露的模樣，但這句話實在不好意思當著他弟弟的面說出口。馬修含糊其辭地換了話題。

「總之，重點是接下來該怎麼做。雖然對手很難搞，堅持下去有機會說服他嗎？」

「…………抱歉。一下子就辜負你的期待，但要說服大哥他們合作……」

「沒辦法吧～不，我明白。只是做個確認。」

沒有一句怨言，微胖少年微露苦笑地說。對失職不加責怪的溫柔態度，反倒令翠眸青年更難受。

「唉，只得靠我們自己來了……不，大概還有對伊格塞姆派也提出同樣提議，最後趁機搶先之類的辦法，但賣弄口才是伊庫塔的拿手好戲吧。要我們去做有點勉強。」

「嗯，我有同感。不過，那我們做得到的方法是……？」

馬修抱起雙臂思考，但神情不見焦慮或急躁之色。經歷高密度的實戰經驗，他在無自覺的狀態下漸漸獲得面對惡劣狀況也不屈服的強韌精神。

「……兵力少，騎兵少，導致可調查範圍也小。大致歸納一下，這就是我們難堪的現狀。」

「嗯。」

「簡單的說，這次我們是寡兵，實力比其他勢力差。不管要搜索或戰鬥，正面對決都贏不了。這種場合該怎麼作戰——曾向我們展示過範例的傢伙，我們應該想得到吧？」

馬修豎起右手食指說道。思索幾秒鐘後，翠眸青年也找到答案。

「對喔，席納克族……！」

「沒錯。明明士兵人數和熟練度都是我方遠勝，那時候卻被折磨得差點要命。一方面是因為薩費達中將指揮不當——但更大的因素，是席納克族從一開始便採取適合寡兵的戰鬥方式。」

微胖少年邊說邊調轉目光，注視著全面蔓延開來塗滿綠色平原的黑夜。覆蓋隱藏一切的無明——在而今的他眼中，是最可靠的同伴。

「碰上好機會，我們來有樣學樣。既然特地付過昂貴的學費，這種時候不活用很吃虧吧。」

表情像個想到惡作劇點子的小孩，馬修這麼說道。托爾威也把頭湊過去，針對詳細作戰計畫展開密談。

像惡棍在商量壞事，卻缺乏決定性厚顏無恥的兩人討論之後，決定了往後的方針。

＊

「……哈啊～」

在周照燈的微光中，班迪上等兵望著站立入睡的馬群打呵欠。

他正在站每兩小時換班的夜哨，但白天搜索任務所累積的疲勞，迫使他和睡魔苦戰。

「喂，起碼用手遮一下。如果上將看見，可是會一拳下來打裂你的頭骨。」

儘管同袍明格爾上等兵看不下去地以手肘頂頂他的側腹，班迪的眼睛依然充滿睡意。

「……這些傢伙真厲害～白天跑了那麼多路，睡覺時卻還站著。」

他面對眼前的馬群呆呆地嘟囔。明格爾嘆口氣，陪班迪閒聊驅走睡意。

「要說真心話，這些傢伙大概也想坐下來睡吧，在住慣的馬廄裡就會坐著睡。」

「馬的睡眠時間本身也很短耶，只要睡上三四小時便整天活力充沛。我也想模仿，乾脆變成馬好了。」

「那可得每天只吃草料喔。從今以後一輩子不吃肉你活得下去嗎？」

「啊，不可能。果然我還是辦不到。」

班迪以懶懶的聲調回答，明格爾也低聲發笑。他們兩人皆為技巧卓越的騎手，但閒得發慌時聊的廢話不過就是如此。

「到下次換班還有多久？」

「還滿久的，將近一小時吧。」

「還有一半啊～……真難熬～」

喪失幹勁的班迪蹲了下來，拿手中附短槍的弩弓尖端戳刺地面。明格爾不禁厭煩地拉高嗓門說道：

「喂，給我適可而止振作點啊。這副德性算哪門子站哨啊。」

「只要騎騎馬就會清醒了……只騎一下子不行嗎～」

「白癡。怎麼能為了給你提神害得重要的戰馬更疲憊——」

「嘶嘶！」

尖銳的嘶鳴聲打斷明格爾的教訓傳遍四周。兩人驚訝地看回去，一頭直到剛才都靜靜沉睡的馬躁動地扭了起來。雖然繫著頸圈沒有跑開，叫聲卻漸漸吵醒其他馬匹，明格爾連忙走過去。

「喂，怎麼了，靜下來！是被老鼠咬了嗎？」

當他撫摸馬背安撫時，這次換成在不遠處睡覺的另一匹馬同樣發出悲鳴。聽到叫聲的瞬間，班迪猛然蹦起來撲向明格爾，直接拎著他的脖子壓到地上。

「趴下，有人開槍！」「什麼？」

兩人匍匐在草地上，確實聽見破風聲掠過頭頂。藉此確定狀況後，班迪再度起身壓低身子奔向陣地。

「敵襲！是敵襲！快敲響警鐘～！」

聽見警告的人紛紛驚醒，原本安靜的陣地霎時間騷動起來。警鐘慢了一拍後響徹周遭，睡眠被打斷的士兵們完全進入臨戰態勢。

「——然後，結果沒有發現敵軍？」

騷動過後的清晨，聽完事情全部經過的約倫札夫上將這麼替部下的報告作結。負責指揮昨夜迎擊的男性軍官臉色凝重地頷首。

「是……說來窩囊，確實是如此。光照兵和騎兵徹底搜索過陣地周邊，卻未能發現敵蹤。」

「損失怎樣？有幾匹馬中彈？」

「腿或臀部受槍傷的共有四匹，全都不到重傷程度，但直到痊癒前為慎重起見無法加入衝鋒部隊……不過，損失僅止於此實屬僥倖。」

望著軍官安心地鬆口氣的樣子，獨臂老將按住額頭低聲發笑。

「你當真這樣以為？以為幸好只有馬屁股中彈。」

「啊……？」

軍官聽到後還是不明白，面露困惑之色。以軍官為首，約倫札夫上將略為掃視一遍排在軍官背後的軍人，直接了當地說。

「在這排排站湊數的所有人，不都一副快睡著的鬼樣子？」

當上將指出癥結的瞬間，眾士兵赫然驚覺面面相覷。

「發現得真夠慢……也罷，你們沒發現是因為實戰經驗太少，這事兒本身不是你們的錯。打從我退伍以後，你們這些跳騎兵部隊幾乎是當成消遣在維持，把軍中沒當上騎兵的瑕疵品湊到一塊。」

他嘴角的笑意漸漸加深。連我自個兒都覺得，真虧這麼異想天開的勾當能繼續啊，老將自嘲地想。

「我把你們作為騎兵好好鍛鍊成器了。如果看見你們技術有多精良，中央基地那些騎驢的肯定個個嚇破膽……不過，單是馬術好和雜耍有啥差別。我教你們的可不是博取觀眾掌聲的技術，是要用來戰勝敵軍的。無論能跑多快，跳過多高的障礙物——不懂得打仗終究沒有意義。」

笑聲突然中斷，約倫札夫上將轉而以鮮紅的雙眸瞪視部下們。被目光直視的他們同時挺直背脊。

「和現在的你們相比，前陣子交過手的小傢伙還更懂得打仗。我可有說錯？有誰想反駁？」

「「「「Sir, no, sir！」」」」

「不甘心吧～被一個沒比學生大多少的小鬼頭擺起前輩架子。」

「「「「Sir, yes, sir！」」」」

眾軍官異口同聲地回答。砰！老將拍桌。

「那就在他們下次跑來動手動腳前想出對策。證明你們比平常騎的動物更聰明一丁點。辦不到的話就不是騎手，只是個累贅。只會吵吵嚷嚷講話的醜陋皮囊。怎麼樣，想害馬匹白白耗力嗎你們這些傢伙！」

「「「「Sir, no, sir！」」」」

「我也希望！還不快去！」

當約倫札夫上將大喝一聲，眾軍官紛紛逃也似的跑出帳篷。剩下的只有上將與原本在角落待命的另一名男子。

歲數僅次於長官──從半世紀前起一直留在烈將約倫札夫部隊的少數軍官之一，目送年輕人衝出去的背影離開後，彎起嘴角面露苦笑。

「好懷念。剛進部隊的時候，您也曾如此斥責過我。」

「別老糊塗了道隆，你直到第五年都還天天挨罵吧。」

「是這樣嗎……到了這把年紀人變得很健忘。」

「想忘掉啥都隨你，記得怎麼打仗就夠了。連那個也忘掉解雇的日子就到啦……話說，你快進入正題吧。想聊往事等進了墳墓我再陪你聊個痛快。」

「那就恭敬不如從命──回到正題，您認為昨晚的騷擾是哪一方做的？」

「旭日啥子的那邊吧。做出那種狡猾行徑的總是人數少的傢伙，儘管也有跟雷米翁派合作的可能性。」

「大致上應是如此。不過以現實問題來看，夜裡持續被騷擾的話有些棘手。士兵們的睡眠時間被迫減少，更嚴重的是——」

「——馬有麻煩嗎。每晚不知幾時將遇襲的日子繼續下去，會耗損馬匹的神經。不管受過多少訓練適應人類的良駒，一旦超過忍耐極限發起狂來都和猛獸沒兩樣。」

「在事情發生前必須設法解決。只交給年輕人去辦好嗎？」

「你覺得不好？那你會怎麼做？」

「可能的話，斷絕來源。只顧著防禦沒完沒了。」

「好主意，我喜歡，不過實現起來很困難。那些傢伙往後都會躲在面向森林的丘陵上不出來吧。要攻陷那片陣地不是沒可能，但頗有難度……再說他們專挑晚上過來騷擾，基本上又是以少數行動。靠著夜色掩護接近我們陣地，一進入滑膛風槍射程就對有燈火的方向猛開槍。馬也好人也好，只要打中一發襲擊就算數了。」

約倫札夫邊以想像中的風槍擺出瞄準目標的動作邊說明。副官揪住下顎的鬍鬚。

「既然無法斷絕來源，那只剩下對症治療。眼前就是強化巡哨線和到不易被遠距離射擊擊中的高處重設陣地吧。雖然兩個方法在增加士兵負荷的意義上都正中敵人下懷。」

「騷擾的手法大概也不光限於射擊啊，接下來那些傢伙八成會動腦想出各種花招來玩。至於有多毒辣，要看指揮官的性格而定。」

「乾脆把雷米翁派一起拖下水也是個方法。我等和他們一樣派人過去騷擾，再偽裝成旭日團幹的，順利的話或許能導向實質二對一的局面。」

「那是無所謂，不過真要這麼幹？一旦開了頭，可以想見旭日也以同樣招數回敬。然後就是不斷持續下去，弄得所有當事者疑心生暗鬼喔？這樣搞的話不只搜索效率直線下滑，找到皇帝後的交涉也會受影響吧。」

「沒想到能從您口中聽見擔心戰後處理的台詞……我們彼此都老了啊，上將。」

「別望向遠方。你這個沒事愛挑撥人的毛病打從以前起就沒變過，我怎麼直到今天都沒一時衝動砍掉你的腦袋，連我自己都覺得不可思議。」

約倫札夫上將聳聳肩說完後，靠著桌子向後仰頭。

「……不管怎樣，現在只能放棄。考慮到齊歐卡的威脅，搜索很難長期化，短期間內靠你所說的對症療法來填補。正好也是教導部隊裡的小毛頭戰爭不從人願的好機會。」

「真不像您。先不提軍事上的對錯，只有我等被整得慘兮兮卻沒還手，不是很不愉快嗎？」

「你偶爾會像這樣突然翻臉強硬起來，看得我都啞口無言，不過你還記得我好歹是伊格塞姆家的一員嗎？記不得的話回想一下，說真的，一年一次就好。」

「您和元帥閣下流著相同的血的，是我確信即使翻遍帝國九百年歷史也找不出其他事情足以比擬的最幽默玩笑。」

聽到這句話的瞬間，約倫札夫上將腹肌震動，從喉嚨深處擠出低沉的笑聲。

「的確。」

第四章

Alderamin on the Sky

為誰而設的戰場

白天靜靜的躲在自軍陣地，入夜後對伊格塞姆派進行五花八門的騷擾——托爾威等人持續了五天這樣的日常生活。

從用滑膛風槍主要瞄準馬匹遠距離射擊算起，此外還有在敵陣上風處製造小火災、派騎兵班敲打銅鑼繞行敵陣周遭、以泥巴掩埋像是馬喝水用的水坑等等——人手和倫理允許的範圍內，他們實行了所有想到的點子。這些行動應該將伊格塞姆派的調查步調拖慢許多。但第六天黎明，馬修不禁產生根本性的懷疑。

「……我知道是我自己提議的，現在不該說這些，但這麼做好嗎？只顧著妨礙別人，我們自己在搜索上毫無進展。雖然阻礙了伊格塞姆派，但結果會不會只是最後造成發現皇帝陛下的機率下降……？」

一天又一天持續進行非建設性的騷擾，會產生這樣的不安也無可厚非。托爾威十分理解馬修的心情，因此才斬釘截鐵地搖搖頭。

「小馬，不對。阿伊說過，握有皇帝陛下並非調停軍事政變的必要條件。這一點是我們的優勢，我們正在加以活用。」

「？什麼意思？」

「所以說，假設我們的勝利條件和伊格塞姆派一樣是『確保皇帝』，這次的作戰計畫或許真的毫無成果。妨礙對手相對的自己的搜索也停滯，最好頂多是正負相加為零——不過實際上並非如此。我們不需要非得找出皇帝，再加上阻礙伊格塞姆派結果可幫助雷米翁派提升搜索效率。根據我們的勝利條件，這明顯是加分動作。」

費了一番力氣解開糾結的思路，微胖少年謹慎地點點頭。

「……是嗎，你說得對。我們的勝利條件是『由我方或雷米翁派確保皇帝』。為了達成條件，說得極端點只要伊格塞姆派沒找到皇帝就行了。從一開始就沒有拘泥於自力搜索的必要。」

「嗯！按照這個狀況，伊格塞姆派的不利等於對我們有利，因此我認為改變態度專注於妨礙工作就好。」

「這也是單純的消去法啊。不在白天很難進行搜索，可是大白天在平原上調動兵力，不知道幾時會碰上騎兵襲擊。我們能夠穩定持續的行動，頂多只有夜間的騷擾而已。」

想開促使他理解釋懷，馬修深深嘆了口氣。托爾威拍拍肩頭鼓勵他，也喃喃說出與馬修共通的想法。

「……可是，大哥他們要是知道我用這樣的方式作戰，一定會笑話我吧。」

＊

實際上，他哥哥一行人現在沒有餘力嘲笑別人難看的表現。因為自北邊南下的雷米翁派本隊正逐漸縮小剩餘搜索範圍，薩利哈史拉格率領的部隊先行繞到州南側廢寢忘食地四處奔忙，部下們卻沒帶來有用的成果。

「……可惡！究竟藏在哪裡！」

親自出馬到預料是關鍵地點的村落搜索依然落空，雷米翁家的長男煩躁地踢倒一株樹。平常負責安撫兄長的斯修拉夫，這次也不禁陷入沉默。

「人口多的村落全部查過了，向居民探聽消息也做得很徹底！為什麼連一頭狐狸的足跡都捕捉不到！」

「……冷靜點，大哥。包圍網正確實地縮小，只是獲得成果的時刻慢了一點。」

「那就是問題所在。沒有閒工夫拖拖拉拉下去！在齊歐卡察覺帝國內鬥攻過來以前，我方非得結束軍事政變不可！」

轉頭面對弟弟，薩利哈史拉格恨恨地咂嘴。

「搜尋活動本身順利無阻，不論這裡或其他地方，可疑的地點都明明逐一查清了。」

「確實，最近幾天和其他勢力的衝突有減少的傾向。那些傢伙多半在搜索上比我等更加難以進展。」

「聽說有可疑的部隊在半夜偷偷摸摸地搗鬼，大概在互扯後腿吧，但那無所謂。不妨礙我們才方便——」

「少校！」

一道呼喚聲插進兩人的對話，薩利哈史拉格收起煩躁神色後轉向部下。他與生俱來的氣質不變，但如今學會了必要的自制。

「什麼事？」

「是！村長想和您談話！」

「村長？……我知道了，帶路。」

他簡短地點個頭，跟在部下身後走去。再怎麼焦急，也不能忘記討好當地居民。他們在此地的言行舉止直接構成對雷米翁派整體的評價，再加上為了搜索才剛把每棟房子的地板都撬開翻找過，沒做好相應的照顧難消民眾反感。

村長率領數名村民站在村落南端。這一帶形成一片廣場，是村落中較多人聚集之處，甚至還有旅行商人看準商機擺起攤子。

村長本人也年事已高，但身旁還有位比他更老邁的女性坐在輪椅上。儘管有點訝異，薩利哈史拉格挺直背脊在他們面前站定。

「我是陸軍少校薩利哈史拉格．雷米翁，過來請教幾位有何貴幹。」

「謝謝。恕我冒昧，想拜託您一件事。」

「是什麼？」

「我們想送這個人送到『善終之家』。這位老婦人無依無靠……正如您所見，她已來日無多。」

村長望向輪椅上的老嫗靜靜地告訴他。薩利哈史拉格有點意外，但立刻理解村長的意思。這是請求他解除封鎖，好把老嫗送到村落外。

帝國各地設有一些稱作「善終之家」的宗教療養設施，是自覺時日無多者最後的聚集之地，並特別允許無依無靠者住在那裡生活。阿爾德拉教神官與多名看護會常駐機構內，安排讓來訪者得以迎接安寧的臨終時刻。

「原來如此，有多少人要去？」

「四人。這三個年輕人負責推輪椅，要是人數再減少，走上坡路時恐怕很吃力。」

薩利哈史拉格不著痕跡地觀察並排站在村長背後的數人。像隻老貓般瘦小的老嫗和幾個體格健壯的年輕男子，怎麼樣也不太可能是變裝後的皇帝及托里斯奈。確定之後，他點頭同意。

「好的，我立刻安排讓各位通行。我記得那間『善終之家』……在離此地東南方不遠處吧。」

由於搜索也擴及該處，軍方也掌握了療養設施地點。村長點點頭。

「正是如此。」

「我知道了。雖然人手不足無法直接派人護送各位，我將命令周邊的部下加強戒備。途中也許會遇到我等的友軍阻攔，到時候只要坦白說出理由就不成問題──老太太，願妳安詳歸去。」

薩利哈史拉格說完後敬禮，老嫗也動動嘴巴咕噥著什麼。「謝謝。」她抱在膝蓋上的搭檔風精靈代替主人道謝。

沒多久後，大批送行的人群到來，一一和準備邁向最後旅程的老嫗道別。直到一行人出發後，人群依然排成長龍注視著他們的背影。

「終於尤瑪里婆婆也回『家』了嗎……她以前還是咱們村裡的長老呢。」
「先過去的茲格爺爺呢？大概還活著吧？說不定能在那邊見面。」
「說得也是。啊，那個全身包著繃帶的傢伙也……」
「喂，笨蛋，怎麼可能見面。就算人還活著，那可是傳染病……」
兩名男子竊竊私語。薩利哈史拉格無意識地停下腳步。總覺得對話內容令他奇妙地在意，雷米翁家的長男轉頭望向兩人。
「……喂，那邊的兩個人。」
面對他銳利的目光，兩人抖了一下。他不在乎地走過去繼續說道。
「剛才的話能夠詳細說給我聽嗎？」
「咦！啊……」「不，那個。」
「有人先回了『家』吧。說老婆婆見不到那傢伙是什麼意思？」
「那是……因為病情很嚴重。」「沒、沒錯，他大概已經死了。」
瞪著兩個態度明顯可疑的人，薩利哈史拉格搖搖頭。
「不對吧？你們剛才說『就算人還活著』。不管先過去的傢伙是死是活，你們都認為老婆婆見不到他吧？」
「…………」「……那、那個……」
「我想問的是判斷的理由。我再問一次，為什麼？」

聽他以不容辯駁的口氣命令，兩人尷尬地面面相覷。周遭眾人也露出同樣的表情沉默不語。看樣子有鬼啊——當薩利哈史拉格這麼確信時，村長插話道。

「少校，請別欺負年輕人。」

「啊，失禮了。我無意欺負他們。」

雷米翁家的長男簡單地道歉，目光依舊直盯著眼前的兩人不放。村長嘆息地開口。

「他們會難以啟齒也無可厚非，這是人人都不願提起的話題……原則上，『家』平等地接納所有瀕死之人。然而，實際上卻有不便公開提及的例外。」

「傳染病患者嗎？」

薩利哈史拉格清楚地說出口。村長面色沉重地頷首。

「正是如此。看來再也不該隱瞞下去，由我來說明內情……」

村長慢慢地訴說起來。根據他的說法——前陣子有兩人結伴造訪這個村落。其中一人是穿著巡禮服的瘦削男子，另一名男子全身纏著繃帶臥病不起，據說他幾乎無法自力移動，前來村莊時也躺在馬車貨架上。

「因為外表看起來就很古怪，我嚴加查問他們來此地原因……結果不出所料，是罹患了傳染病在故鄉待不下去。」

聽著說明，薩利哈史拉格感到一陣顫慄爬上背脊。在達夫瑪州展開搜索後，他首度在村長的話語中有了應手的感覺。

「我當然不能把人留在村裡，為他們介紹了療養設施。收留那種病人的地方無論在哪裡都很少，附近這一帶只有一間。所以，我就送他們到那邊……」

走近後半句話含含糊糊的村長，雷米翁家的長男牢牢抓住他的雙肩。

「總之，那個全身繃帶的人被送去的療養設施，不是剛才那位老婆婆前往的『家』。而且，還偷偷建造在沒有人會靠近的地點。」

「……您說的沒錯。至今未告訴您此事……請您不要責怪我等。」

村長呻吟般地說道。依照阿爾德拉教戒律，隔離流行病患者嚴格來說應視為否定博愛精神的惡行受到懲罰。但實際上無論在哪個州哪個地區，想必都暗中默認這樣的行為。就算追究行為的善惡，為了防止可怕的疾病蔓延他們別無他法卻是現實。

「求您寬恕……」

村長坦白後悄然垂下頭。然而，薩利哈史拉格對於對方的心情及罪惡感不感興趣，僅僅為了發現實實在在的有力線索感到興奮。他再度詢問村長。

「能夠告訴我療養設施的位置嗎？」

「如、如果您希望的話……不過，就像您方才指出的一樣，那個地方在地圖上並未記載，連本地人也很少前往……」

村長結結巴巴地回答。這下子，薩利哈史拉格嘴角終於浮現明確的笑意。

「說是這樣呢，斯修拉。那可不是更合適了？」

收到眼神示意的弟弟點頭。終於逮著獵物尾巴的實感令人情緒昂揚，使這對兄弟的翠眸閃爍起色澤一模一樣的光輝。

向村長打探完消息的雷米翁兄弟轉身與部隊一起出發後，先前在廣場角落做生意的旅行商人也緩緩地站起身。

「——不好意思，那邊的兩位先生。」

「咦？我們嗎？」

旅行商人攀談的對象是剛才被薩利哈史拉格質問過的兩人組。他露出討好的笑容走過去，遞上從懷裡掏出的地圖。

「我沒打算偷聽，但不小心聽見兩位剛剛和軍人的談話……方便的話，能不能麻煩你們在這張地圖上標出那間療養設施的位置？」

「啊、啊……？你真的有聽到嗎？那邊可是專門用來關得傳染病的傢伙。知道那種地方的位置能幹什麼？」

「這是做生意的好機會。既然有療養設施，代表也有管理人員在吧？收容許多病人，自然也需要物資。普通商人會避開的地點更是這樣。」

「……告訴你也無所謂，但去過那邊之後，暫時別到咱們村子來。」

「沒錯。你得病是你的自由，可別拖累我們。」

兩名男子警告過後，在地圖上標出地點。一接過標出隔離療養設施的地圖，旅行商人露出滿意的表情面再度面對兩人。

「謝謝。儘管稱不上謝禮——」

他指向留在背後的露天攤位，笑容可掬地說。

「——攤子上的貨物全部送給你們。雖然沒什麼大不了的東西，請跟大家融洽地分享吧。」

「啊？」「你說什麼——」

「告辭了。兩位請多保重。」

旅行商人說完後轉身奔向繫在攤位旁的小型馬車，解開連著貨架和馬匹的繩索去掉負重後颯爽地跳上馬背。周遭的人還來不及呼喚，他直接拋下所有營業用具衝了出去。

「收容流行病患者的隔離療養設施嗎？這或許是個盲點，約倫札夫上將……！」

……各陣營的搜索段分成小隊四處行動。隨著調查進展，搜索範圍逐漸縮小。指出皇帝所在地的有力線索。以及——兩個勢力幾乎獲得這項情報的事實。

如今狀況等於兩名獵人正邁步奔向放在中央的共通獵物。

決戰的條件在此刻齊備了。

*

雷米翁派的一個營自陣地出發後突然往南行進。接獲斥候這份報告的托爾威和馬修，不禁面面相覷。

「……你怎麼看？」

「大概是……掌握了關於皇帝陛下行蹤的線索。一口氣調動這麼多兵力，大哥他們或許發現了很有力的證據。」

「這樣的話，那行動方式未免太粗心大意了吧！如此露骨地調兵不可能不刺激到其他勢力。實際上我們就發覺了，伊格塞姆派當然也會發現，在展開搜索前一定會出手妨礙，換成我的話會更加低調行事。」

「嗯，我有同感……所以我認為這多半是大膽的調虎離山之計。大哥他們應該是想趁著我們及伊格塞姆派的注意力被吸引到南邊，用剩餘的兵力搜索其他地點，而那邊才是有力候選地。」

「這種做法我能理解。不過，其他地點是指？」

「不清楚。不過我們該做什麼是確定的。既然雷米翁派即將找到皇帝，我們得幫上一把。」

微胖少年點頭同意，攤開從懷裡掏出的地圖。

「那麼應該慎重觀察的是伊格塞姆派有何反應。他們如何行動？」

「要是被聲東擊西吸引往南走，說不定沒有我們出場的機會……」

「問題在於沒上當的場合。有點棘手啊……這種狀況下，我們該派兵到何處？」

馬修抱起雙臂思考。青年繼續補充道。

「雷米翁派搜索失敗的可能，就是在前往有力候選地途中，被識破調虎離山之計的伊格塞姆派襲擊。想阻止這種事發生，我們應該趁現在阻攔伊格塞姆派，可是……」

「說要阻止……對方可是騎兵部隊耶。在這種地形上沒準備好策略進攻只會被反打回來——不，連開打都不至於吧。對方又沒有交手的理由，肯定會忽略我們追趕雷米翁派。」

「那麼，緊緊跟隨雷米翁派部隊自發地充當起護衛呢？」

「必須跟緊的不是往南行進的佯攻部隊，是接下來要前往『有力候選地』的部隊吧？但我們根本不知道那支部隊目前在哪裡。派留在東北方陣地的一個營作聲東擊西，代表出外搜索中的兩個營直接從去處前往了『有力候選地』。」

沒有任何線索，不可能捕捉得到從不明現在位置A，前往不明目的地B的雷米翁派。唯獨在這件事上，決定躲在陣地內不出去的戰略適得其反。

放下思考陷入死局的馬修，托爾威仍繼續思索。

「那……只有推測了。依照地理限制、至今的搜索進展與大哥他們的性格——再加上其他種種條件判斷，或許能在一定程度上推測出『有力候選地』的位置。沒必要知道精確位置，先決定大致在哪一帶後就出發，邊移動邊派斥候偵查，只要在過程中掌握到在哪裡就……」

「好像伊庫塔會說的話啊……這麼做與其說是下盲棋，更像是賭博啊。」

「是呀。不過，如果只有『什麼也不做』和『賭一把』這兩個選擇呢？」

「來這招啊……」

青年亮出答案極其明顯的二選一問題，不符他風格的挑釁道。馬修抬起手背粗魯地擦掉額頭冒出的冷汗，終於下定決心。

「……真沒辦法，拚了。仔細想想，勝算倒也沒那麼低。我可是有喀爾謝夫船長保佑。」

隔著軍服抓住指南針，馬修努力虛張聲勢。他和托爾威一起回過頭，注視背後那些手頭忙著趕工的工兵們。

「這樣的話，或許終於到了這個派上用場的時候。對付騎兵的王牌——完工進度呢？」

在他催促之下，一名士兵拿起完成品展示。兩人謹慎地對整體檢查一番，確認達成要求的條件後彼此用力點點頭。

＊

烏雲密布的天空下，士兵們肩頭扛著閃爍鋼鐵色澤的風槍槍管，成排在平原上行進。

那是雷米翁兄弟的軍隊。兵力總共為兩營風槍兵——扣除安排從陣地出發聲東擊西的部隊，是他們現階段所有的兵力。

「嘖，這地形真討人厭。淨是讓騎兵耍威風，我們連想安安穩穩走路都不成。」

薩利哈史拉格在隊列中段抱怨。由於和伊格塞姆派一再發生小衝突耗損人力，雖然號稱兩營，部隊實際人數不滿九百。一旁的斯修拉夫也點點頭開口。

「忍受不自由大概也只到今天為止。只要能保護陛下，事情便結束了。距離目的地那片森林還剩約十公里，大哥。」

「嗯，抵達森林就算我們贏了，希望在那之前別有人礙事。」

「派往南邊的部隊應該能當作障眼法。要是他們盯上那邊也好，假使看穿了障眼法，也需要一段時間才能掌握我等位置。總之不太可能被追上——」

那一瞬間，響亮的銅鑼聲打斷兩人的對話，是周邊偵查的騎兵班敲響了警鐘。

在一陣騷然的士兵之中，薩利哈史拉格臉色大變掃視四周。

「敵襲……？開什麼玩笑，明明連斥候的影子都還沒瞧見！」

「兩下·兩下·一下——騎兵大部隊接近中！大哥，組方陣！」

擔任總指揮的薩利哈史拉格號令一下，士兵們開始組成方陣。

首先由四十人排成一邊，四塊組合起來由一百六十人構成正方形，再在地面上依序排列共四個正方形。由許多人體組成的幾何學圖形串聯起來，憑藉經過數學保證的防禦力防備衝鋒。

「全員上刺刀！第一排豎起槍！」

不僅如此，這一天的方陣還帶著長刺。構成正方形四邊的三列橫隊當中，最前排十三人手持的並非上了刺刀的風槍，而是用剛砍下的樹削成的近兩公尺長槍。連金屬槍尖都沒裝的原始武器。

「槍尖呈仰角五十度！槍尾插進地面，無論如何都握緊槍柄別鬆手！要當成是你們的救生索！」

雷米翁家的長男大聲呼籲，表情不再慌張。既然敵軍來襲，需要做的只有迎擊。包括在此處遇襲在內，他們對可能發生的情況全部備妥因應對策。自從敗給菜鳥准尉那屈辱的一戰以來，他已徹底拋棄疏於準備的傲慢心態。

「來了！東北方向，做射擊準備！」

敵軍自遠方的地平線現身，成群騎兵正掀起塵土奔來。士兵們死盯著敵軍的身影，吞了口口水瞄準目標。

烈將約倫札夫率領的騎兵隊全軍掀起漫天沙塵馳騁大地。總數為六百餘人，同樣是伊格塞姆派現階段所能動員的全部兵力。

他們能迅速捕捉敵人動向並非巧合，而是基於明確戰略的結果。從托爾威等人開始妨礙活動的隔天早晨起，約倫札夫上將便料到作業效率將會下滑，調整立場來因應問題。

直接了當的說，就是在搜索上搭其他勢力的順風車。他讓扮成旅行商人與鎮民的士兵們去竊取雷米翁派的情報，將取得的線索反映在自軍的搜索上。對於士兵機動力占優勢的伊格塞姆派來說，這個方針效果極佳。雖然靠竊取的情報在行動上不得不比對手落後一步，卻能以敏捷的腳程扳回差距。

「距離方陣還有六百公尺！看來部分敵兵舉著長槍！」

「喔，真懷念！令我想起新兵時代，那時槍兵還是現役兵種啊！」

「要就此直接衝鋒嗎？長槍應是來對付跳騎兵的！」

「別問這麼明顯的問題！你們除了衝鋒之外啥也不行吧！」

一針見血的謾罵，使騎兵之間迸出笑聲。在預感戰鬥將至而亢奮的部下之中，老將拔出軍刀宣告死鬥開幕。

「好，全員拔刀！敵人就在眼前！豁出性命撞上去！」

「「「「「Sir, yes, sir！」」」」」

以吶喊為信號，騎兵從縱列散開為橫列。他們對準四個方陣殺過去的身影，比起大軍更適合稱之為海嘯。展現質量與速度加乘後產下的暴虐。他們是從出現起直至今日持續席捲戰場的最強兵種，帶著烈將的傳說露出獠牙。

「「「「「嗚喔喔喔喔喔喔喔喔喔喔！」」」」」

穿越打來的彈雨，帶頭那群騎兵高聲咆哮著抵達方陣。負責最先衝入敵陣的，是為體現「跳騎兵部隊」威名訓練有素的馬術好手，個個都是能夠跳躍槍劍程度的障礙物衝進方陣內的高手。

然而——這次的敵軍裝備了平常所沒有的長刺，就連他們也無法跳過。他們自己最清楚這一點。那該怎麼辦？

結論是，不怎麼辦。他們僅僅期望——要更快、更強、更瘋狂。

臨時製造的長槍擋下衝刺。被大地和馬身或人體夾在中間的豎立長槍，與持槍者的力氣無關，完全承接大質量的衝鋒。被刺穿的肉體飛濺出的鮮血噴了一身，痛苦的嘶鳴近在耳畔，握槍的士兵們顫抖著失禁。長槍防禦術奏效——絲毫沒注意到這個事實，他們只感到恐懼不已。恐懼敵人明知將遭穿刺的命運依然直至最後一瞬都沒放慢一絲速度的瘋狂！

「「「「「嗚喔喔喔喔喔喔喔喔啊啊啊啊啊啊！」」」」」

豈止不在乎同伴的慘狀，後續的騎兵更像看準這個良機般繼續衝鋒。前面的同伴已用肉體覆蓋可恨長槍的槍尖。當他們從後面推開那些肉塊，長柄在橫向力道作用下啪地一聲攔腰折斷，防馬尖刺轉瞬間逐一失效。雷米翁派準備的臨時長槍，在第一波攻擊剛開始就有一大半無法再用。

前方再也沒有阻攔衝鋒的尖刺。眾騎兵跨越同伴的屍體，歡喜地撲進方陣內。直覺領悟到殺戮將要開始的雷米翁派士兵喉嚨迸發狂亂的慘叫——

「——瘋、瘋了。」

站在方陣中心的薩利哈史拉格用一句話評價如怒濤般湧來的敵方騎兵。

這也難怪。他準備來對付跳騎兵的長槍，是以為嚇退騎兵為前提設計的防禦。目的終究是訴求心理效果，絕非是為了防禦全力騎兵衝鋒而準備的。因強度不足斷裂是當然的結果。

人和馬都怕死。此乃生物難以顛覆的本能，諸多兵法都奠基於此前提之上。可是約倫札夫．伊格塞姆的部隊卻沒有。他們僅僅擁有毫不顧忌死亡的狂奔。他們歡喜地衝鋒、蹂躪，自身也在那道怒濤中粉碎。

理所當然——這正是烈將約倫札夫指揮的跳騎兵部隊本質。若追根究柢，甚至連卓越的馬術技巧也不過是裝飾品。從半世紀前的現役時代起，他們的長官要求隊員具備的資質只有一種。那便是勇氣，又稱瘋狂。僅僅是面臨危險時能做出瘋狂舉動的異常性。

「別發愣，大哥！不趕緊採取對策方陣要瓦解了！」

「……！」

弟弟的斥責將兄長拉回現實。薩利哈史拉格立刻動腦尋找解決方法，但愈是直視現狀，腦海裡愈是想不出一丁點頭緒。就算想暫時撤退，周邊地形也只有平原和山丘，再說在組成方陣的狀態下移動部隊很花時間。要是露出那樣的破綻，肯定招來敵軍猛攻。

「將死」這個詞彙略過腦海。開什麼玩笑！即使憑激動的情緒抗拒，雷米翁家的長男怎麼樣也想不出方法翻轉迫近眼前的，下了敗北的命運——

眾騎兵極盡暴虐之能事地穿越而過。隊列從疾奔開始位置的對角處掉頭毅然再次衝鋒，四個方陣隨著反覆的攻擊破綻漸增。敵人連還手之力也沒有的慘狀，令約倫札夫在疾馳的騎兵隊列中不滿地咋舌。

「不像話，不像話！就只能愈輸愈慘了嗎！既然敢發動軍事政變，就別在戰場上給雷米翁之名蒙羞！搞得一本正經對付你們的咱們活像蠢蛋！」

「「「「「嗚喔喔喔喔喔喔喔喔喔喔喔喔喔！」」」」」

渴望更激烈鬥爭的老將大喊。他身邊的騎兵們也將對暴力和流血未能滿足的衝動化為野獸般的咆哮吼出來。一個人當作生命源泉的瘋狂蔓延至整個部隊，如今他們已淪為只要號令一下，就會衝鋒到地獄底層的修羅大軍。

那種存在方式與現役時代絲毫沒變。獨臂的伊格塞姆在戰場上斬獲的累累戰果，總是建立於同樣的狂躁中。

——約倫札夫・伊格塞姆不可就任將級軍官。

這麼決定的不是別人，正是上一代的伊格塞姆。因此約倫札夫即使立下比任何人更多的功勞，現役時代在帝國軍內的晉升只停留在准將階級。

甚至連准將地位都是臨退伍前才授予的勳章，從尉級到校級軍官的經歷實際上占據了他作為軍人的生涯。軍方大方地授予他榮譽階級，是他從第一線退下來之後的事。不過約倫札夫本人沒有怨言。對於無比深愛前線的他而言，安穩隱匿在後方的高級將領地位，除了痛苦之外什麼也不是。

約倫札夫自身也十分清楚要他遠離軍方高層的理由。自己太過熱愛戰爭，更惡質的是還會將率領的部下全推入同一條修羅道。這樣的人在軍中身居高位，最後很可能扭曲組織的本質。愛好鬥爭的指揮官，將會推翻視戰爭為必要之惡的大前提。

喪失左臂的那次意外，令他篤信自己的秉性無藥可救。在騎兵衝鋒途中，自上空落下的炮彈正中約倫札夫肩頭。

不過，當時手臂還沒有斷。如果迅速急救治療再撤退至後方休養，手臂多半能保得住，副官也勸他這麼做。

但他沒有——因為敵人就在眼前，那群傢伙是不同尋常的強敵，夠資格賭上性命激烈交鋒。緊要關頭臨陣脫逃多可惜，他不可能辦得到。下次不知道何時還能遇上啊！

結果，約倫札夫只替報廢的左臂粗魯地止血，便投身激戰戰鬥到最後。即使等一切結束後聽到醫生診斷左臂只能截肢時，他也十分理解地說了句「果然啊～」。比起保住手臂，更看重在戰爭中獲得的剎那充實感——對他來說是無須苦惱的當然選擇結果。

「呼——」

每次回想起來，老將都禁不住對自己發笑。生於自認軍規化身的伊格塞姆家族，卻太過熱愛戰爭導致失去一臂，無法再揮舞象徵伊格塞姆的雙刀。事情的始末，簡直就像上天要對他打上「你是異端」的烙印。

約倫札夫本人最清楚這個評價有多正確——因為他此刻愉快得不得了。與割袍斷義的我軍同袍交戰，身處本來應該避免的同室操戈戰場上，都絲毫不損鬥爭的快樂。

過去或未來不是問題。有戰爭中的現在足矣。

「——呼哈哈哈……！」

不過——活得比任何人都更激烈的老將，也有一樣尚未從戰爭這個伴侶手中得到的事物。原本在退役前應賜與他的戰士宿命。

「看樣子還遠得很啊，我的死亡之地——！」

約倫札夫發號司令，重整衝鋒後紊亂的隊形。敵軍部隊已瀕臨無法再維持方陣形狀的極限。快的話下次衝鋒，慢的話再兩次就能補上致命一擊，再來只剩接受指揮官投降替戰鬥收場。

「——嗯？」

老將的意識開始轉向戰鬥的結局，但脖子上突然掠過一陣彷彿被成綑針尖擦過的異樣感。他記得這種感觸。和喪失左臂時的感覺一樣，是戰士本能的直覺警告。

「…………」

約倫札夫的目光調離逐一做好衝鋒準備的部下環顧四周。他眺望在正面展開的方陣另一頭延伸至遠方的地平線——在那裡發現了。異樣感的來源正在那座雷米翁派士兵越過的小丘陵，呈歪斜橢圓形直徑近兩公尺的山丘上散開。

「啊——也對。什麼還很遠，真是胡說八道。」

湧上心頭的歡喜令老將揚起嘴角——怎麼能不高興？來使這場戰鬥更加充實的賓客明明到場了。

「早就近得過火啦。你們從那麼遠的地方也能將死亡送來給我……！」

「——這……」

該說趕上了還是來晚了？眼前的景象讓托爾威一時之間難以判斷。

從山丘上俯瞰，戰況呈現一目了然的一面倒狀態。不成樣子瀕臨潰散的四個方陣，層層疊疊倒在廣大平原上的無數屍體。造成這片慘狀的伊格塞姆派騎兵部隊與滿目瘡痍的敵軍拉開一段距離集結，隨時將完成準備補上致命一擊。

狀況接近終結，連兩位兄長是否平安無事都很難講。但戰鬥仍在繼續，我們有機會干涉戰局結果——這麼判斷後，翠眸青年嚥下苦澀的口水下定決心。

「……展開第三種非正規方陣！原地執行支援射擊！」

收到指示的士兵們立即行動，奔下斜坡前往各自崗位。但就在此時，負責監視敵情的部下之一高聲喊道。

「敵——敵騎兵部隊，高速移動！迂迴繞過雷米翁派的方陣往這邊來了！」

延後給眼前的方陣致命打擊，約倫札夫轉而接近山丘上出現的新敵軍。趕來援助陷入劣勢的友軍，試圖自丘陵上進行支援射擊的風槍兵部隊——狀況不可思議地與上次戰鬥相彷彿。

雖然可以選擇無視其存在先行解決雷米翁派部隊，但從相互位置來看，這麼做的話將在衝鋒後毫無防備的狀態下面對射擊。考慮到還有比所見數量更多的敵人躲在山丘後的可能性，先下手殲滅風槍兵方為上策。老將如此判斷。

「上將！敵軍下到山丘半途，在山坡上組成方陣！」

「在山坡上？喔……！」

約倫札夫有些意外。要最大限度活用高度優勢，通常在山丘頂以逸待勞是最好的。無論多快的馬上坡時速度都會減慢，不僅減速的騎兵衝鋒攻擊力會降低，射擊機會也將隨著抵達時間拉長而增加。

刻意放棄這些優勢，在山坡半途組方陣的理由。思考數秒後，老將想出答案。

「……組成那個陣形，是打算讓半數以上的士兵參加射擊嗎！」

基於構造，方陣最多只能有總數一半以下的人員迎擊從一個方向來襲的敵人。對側的士兵即使想戰鬥，也會被同伴的身體擋住。

可是，在山坡上組成方陣就不一樣了。士兵們的位置產生高低差，可供更多彈道通過。

確實防禦騎兵衝鋒，同時最大限度活用滑膛風槍的攻擊力——敵將貪心地追求一時二鳥，但在約倫札夫眼中還不及格。

「很想讚你一句深思熟慮——但這是步壞棋啊。很可惜，我們不是群只懂得直線前進的無能山豬！」

得到老將指示，疾馳的騎兵隊列迅速改變行進路線，從筆直對準山丘上敵軍的衝鋒軌道切換為繞至其後方的迂迴軌道。

從這一刻起，在山坡上組成的方陣喪失意義。只有朝向從方陣正面衝上山丘的敵軍時全體士兵才能參加射擊，面對從反方向繞上山丘自丘頂往下攻擊的對手，原先的策略將完全適得其反。由於面向山丘上敵軍的士兵位置較高，對側同伴的彈道比在平地上時更難穿過。

「敵騎兵部隊，切換為迂迴軌道！打算繞過丘陵！」

站在非正規方陣中心的托爾威也親眼目睹了部下逐一報告的狀況變化。

「…………」

青年動也不動。繼續坐著等下去，從山丘上伴隨重力衝鋒過來的敵方騎兵將造成毀滅性的打擊。清楚這樣的未來，他依舊文風不動。

被焦灼的緊張感折磨的時間中，愈來愈焦慮的部下顫抖地問。

「還沒——還沒到嗎，營長！」

「還沒有！」

青年斷然要部下待命。繞過山丘的後續騎兵部隊仍在視野當中。從這邊看得見，代表對方也看得見這裡──因此他沒有行動。若不等到敵人身影徹底從視野內消失，目的說不定會被識破。

感受著心跳無止境地加快，托爾威腦中想像、計算──切換至迂迴軌道的敵騎兵部隊抵達山丘另一側所需時間。再度變更行進路線後縱列散開為橫列展開衝鋒的空檔。考量到我方的策略，時限極其短暫。一想到這裡，他幾乎在焦慮的驅使下站起身。

不過──就在忍耐抵達極限前，敵方部隊徹底從視野內消失。相隔的山丘化為一堵牆，接下來的幾分鐘才是雙方所有舉動都被遮蔽的片刻良機。青年用最大的音量大喊。

「現在切換為夾擊態勢！開始變換隊形，所有人動作快！」

待機命令一解除，士兵們迫不及待地站起來同時展開行動。托爾威也跟他們一起邁步飛奔。空檔頂多不到兩分鐘。時限內的行動將劃分這場戰鬥的命運。

繞行至對側仰望山丘上，約倫札夫露骨地緊皺雙眉。

「──怎麼？這邊沒有埋伏？」

他掃興地呢喃。出乎他的意料，除了露出一部分方陣以外，丘頂完全不見敵兵蹤影。同時，這也代表剛才看見的風槍兵部隊是敵軍全部兵力。一個方陣──即一連兩百人左右，比上次更少。

「方陣一角延伸到山丘上。是即使從現在開始，也想因應我方的迂迴機動移到丘頂嗎——」

「咱們可不會留那種閒工夫給他們。」

約倫札夫毫不猶豫地說完後，與變更好行進路線的部下再度展開疾馳。距離山丘上還有約六百公尺。他想像敵人在另一頭驚慌的模樣，衝過緩緩變陡的坡道。

「橫列散開！山坡沒多陡，別放慢速度！用最大威力撞上去！」

「「「「「嗚喔喔喔喔喔喔喔喔喔！」」」」」

眾修羅騎兵發出咆嘯進入衝鋒動作。應該迎擊他們的彈雨始終沒有造訪。這也當然，或許是敵人事到如今還堅持維持方陣，只有一小部分士兵抵達丘頂。

丘頂已近。抵達前那數秒，構成方陣一角的敵兵臉孔映入眼中。意外的是，士兵們臉上沒有放棄之意，全都露出做好覺悟的神情舉起風槍。

眾修羅騎兵也讚賞他們的勇氣。排在山丘另一頭的傢伙也有著相同的表情嗎？儘管失策的報應迫近眼前，依然打算全力戰到最後——

「…………？」「咦……啊！」「什——」「啊——？」

然而——騎兵們登上山丘後發現，想像與現實天差地遠。衝鋒將至之際，敵兵竟然一起扔下風槍，背起類似矮桌的物體直接蹲在地上縮成烏龜狀。

馬蹄踐踏鋪滿一地的龜殼。也許是以格外堅硬的木材製成，馬無法踏穿那個物體，僅像經過另一片地面般繼續疾馳。連揮落出鞘軍刀的目標也沒有。騎兵們茫然地從敵兵頭頂衝過去——下一瞬間，越過山丘後躍入眼簾的景象，令每個人無一例外地愕然不已。

沒有方陣。應該延續到山丘另一頭的正方形戰列無影無蹤。

「這——這是……」

腦筋動得快的幾個人想到答案。山丘上扮烏龜的四十人並非方陣一角，而是用來冒充方陣的孤島集團，因此才沒有戰意。當成功引導騎兵朝他們發起衝鋒的時刻起，任務已經達成。

「啊——」「嗚……！」

來到這裡，眾修羅騎兵終於看出落入的陷阱全貌。方陣消失得無影無蹤——可是，敵兵本身並未消失。

左側一列，右側一列。他們在騎兵部隊即將衝下的斜坡兩端組成可避免誤射同伴的交叉火力網，整齊地排成戰列。在化為合適狩獵場的寬敞空間保持一段距離，靜靜地等待獵物撲進來。

那場面宛如歡迎眾騎兵歸來的凱旋遊行。唯一的不同，在於穿越夾道歡迎時群眾給予之物的性質。不是讚美或祝福，欽羨或頌揚，而是名為彈雨的鉛色詛咒——！

「齊射——開始！」

以青年的號令為開端，數不清的壓縮空氣破裂聲迴盪四周。

單方面的狩獵開幕。槍管發射的子彈自左右痛擊疾馳的騎兵，完全不留反擊餘地奪走人與馬性命。騎兵隊一旦進入衝鋒就無法驟然調轉方向，最大的武器速度反倒招來惡果，面對從側面掃來的彈雨，除了忍耐之外別無其他選擇。

更加致命的是。在越過丘陵親眼目睹之前，沒辦法通知後方的騎兵這片慘狀。他們所有人只能跟隨帶頭的同伴一個勁地衝鋒。

另一方面，托爾威的部隊甚至不需瞄準，只要全力不斷射擊被兩面夾擊的敵軍就夠了。一心專注在機械化作業的流程上，毫不關心對手所期望的賭命互搏。

「呼……！」

就像要體現那種存在方式，青年的食指持續保持一定節奏扣下扳機。「射擊的雷米翁」以正確無誤的射擊告訴為戰場狂熱氣氛瘋狂的傳說騎兵，何謂殺戮真正的冰冷——

「嗚喔、喔——？」

置身於從左右兩側不斷被削弱的隊列中間，約倫札夫．伊格塞姆為了顛覆他估算的敵將那值得畏懼的頑強渾身戰慄，滿心歡喜。

山丘上出現的敵軍，設置在斜坡上的方陣，丘頂可望見的少數士兵——原來這一切全是用來讓人誤以為方陣延續到山丘另一頭的偽裝，為了一網打盡朝向幻想中的敵軍衝鋒的呆瓜所設計的巧妙作戰。

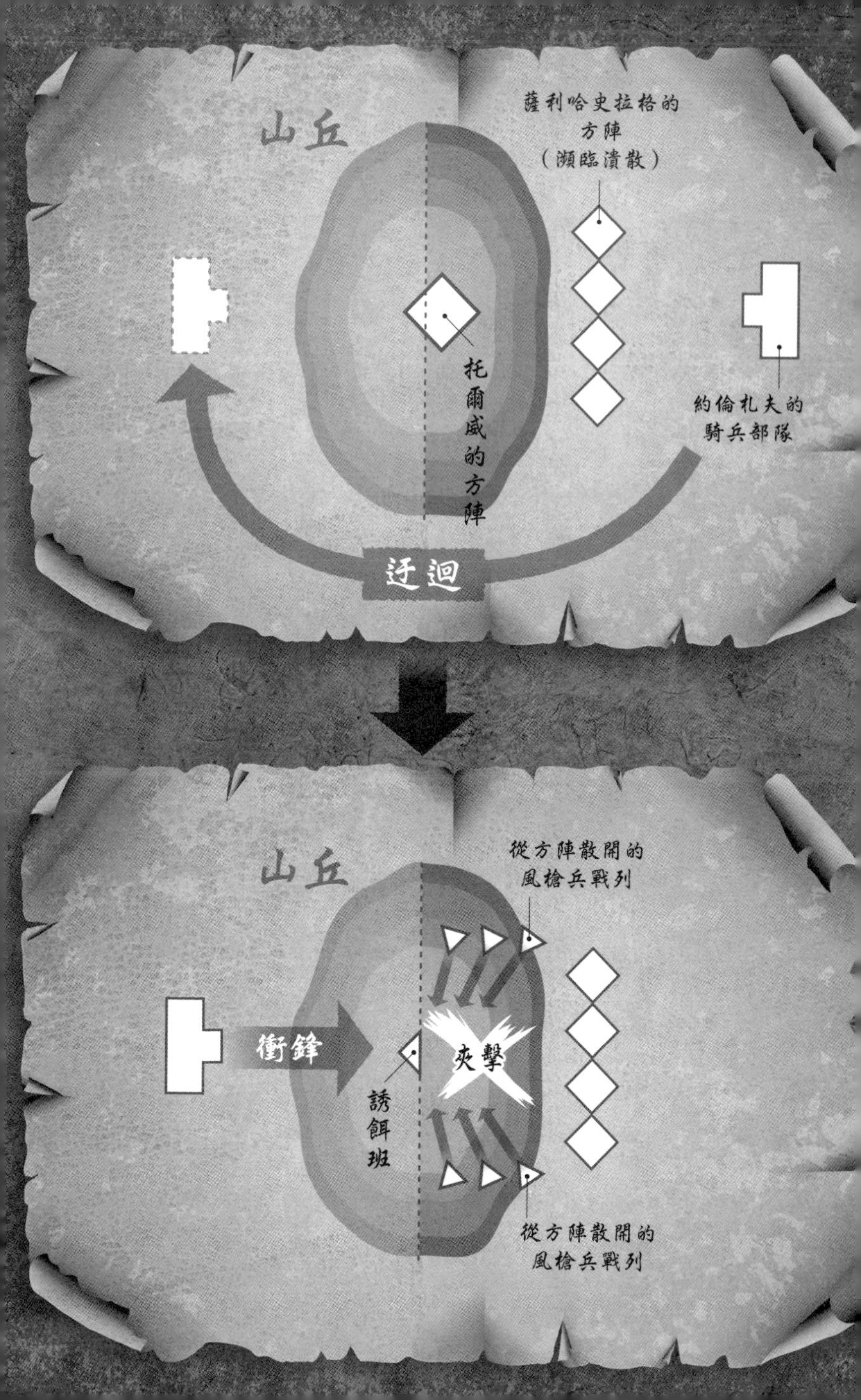

山丘
薩利哈史拉格的方陣
（瀕臨潰散）
托爾威的方陣
約倫札夫的騎兵部隊
迂迴
山丘
從方陣散開的風槍兵戰列
衝鋒
夾擊
誘餌班
從方陣散開的風槍兵戰列

察覺自己陷入的困境，約倫札夫興奮得像要嘔血般放聲大笑。

「呼——呼、呼！呼哈哈哈哈哈！用詭計攻下我、攻下獨臂的伊格塞姆嗎！誘我落進沒有驕傲和名譽的陷阱中，打算像獵殺野獸般殺掉我嗎！」

身處接連不斷打來的彈雨中，老將甚至沒必要事到如今再下決心。沒有放慢奔馳速度的選項——在這裡停下來只是延長遭圍剿的時間。不願意的話，呈一直線衝出射擊射程，盡快重整旗鼓是唯一解決方法。

但到了這個節骨眼約倫札夫也發現，連這樣的想法多半都在敵人的預期之內。

「……？上、上將！前方的敵軍……！」

就像證實老將的預感，俯望之下的景象出現變化。在無藥可救狀態中被棄置的雷米翁派部隊——完全放棄瀕臨潰散的方陣，倖存的步兵全體不管三七二十一地衝殺過來。連隊列都沒怎麼排，宛如被逼上絕境的老鼠拖著腸子向前猛衝。

他們的指揮官大概也領悟現在是顛覆勝敗天秤的最後機會，無視防禦奮不顧身地進行夾擊。好一番果斷的覺悟——認可敵人的執拗，約倫札夫猛然睜大鮮紅的雙眸。

「……有膽量就試試！如果這是戰爭給我的死亡之地！我摯愛的生涯伴侶啊，不合理與不講理這對美麗雙胞胎啊！試試讓我發出格外響亮的瀕死慘叫吧～～！」

「——全速前進！縮短間距，別給混帳騎兵喘息機會！」

穿透敗北死路的唯一通風孔。雷米翁家的長男指揮風槍兵部隊，奔向出乎意料從天而降的活路。

在思緒一角，他想著如今已消失無蹤，先前在山丘斜坡上組成的方陣。不到幾分鐘便消失的短暫幻想。然而——目睹第一眼的瞬間，薩利哈史拉格就完全理解新出現部隊的身分及意圖。他不可能看不出來。

利用山丘地形，從第三種非正規方陣展開夾擊。是昔日面對人數占上風的齊歐卡騎兵部隊時，他們的父親泰爾辛哈．雷米翁用過的逆轉詭計。孩提時的薩利哈史拉格不知道曾多幾次央求不愛主動談論英勇事蹟的父親講述這段逸聞，和眼神閃閃發光的兩個弟弟一起聽得入神。

「由你這混帳來用那一招嗎，小托爾……！由背叛雷米翁家待在那邊的你！」

懷抱憤怒與嫉妒，還有其他種種感情混雜而成的心境，薩利哈史拉格發出呻吟。弟弟斯修拉夫緊跟在他身側，兩雙翠眸銳利地瞪著在彈雨中往下衝過來的騎兵部隊。

「騎兵會直接衝過來吧……大哥，千萬別離開我身邊。」

「少看扁我，斯修拉。這時候說一句『背後交給你了』就夠了。」

雷米翁兄弟交談過後，毫不畏懼地直視逼近的敵影舉起風槍。

約倫札夫衝下山丘、托爾威追擊、薩利哈史拉格迎擊。三種相異的行動方針互相衝突、互相糾纏、互相侵犯——產下一團巨大的混沌。

槍兵從前後攻向奔下山丘的騎兵部隊，令人無法喘口氣的白刃戰開始。托爾威和薩利哈史拉格的部隊視對方為友軍互相合作，但為了避免誤射反倒沒法輕易開火。約倫札夫的騎兵看準這一點企圖突圍，但步兵們知道再承受一次衝鋒就完了，賭上性命不肯罷休。部隊早已不成隊列，各勢力的士兵只能亂紛紛地交手。

「嗚……！」

一言以蔽之，這是場泥淖般的混戰。諷刺的是，這種狀況下最陷入困境的是托爾威。他的部隊擅長遠距離狙擊，相對的在至今的戰鬥中不常有白刃戰經驗。馬修的部隊擅長這類混戰，但他目前不在場。

托爾威帶來此地的兵力為一連兩百人。並非他只能帶來這麼多人，而是將手邊的兵力分散派遣出去，結果只有他們遇上目標較為正確。地理限制、至今的搜索進展與帶隊軍官的行動方針——即使根據這些條件做了最大限度的縮減，不具備黑髮少年能力的他們，頂多只能把候選地點限定到三個。

承認無法再縮減下去後，托爾威和馬修放棄只盯一處的想法，將兵力劃分為三等份送往三個候選地點，判斷一個連兩百名風槍兵已足以進行有效的支援。

結果，托爾威的部隊猜中目標。說不定是喀爾謝夫船長的指南針保佑馬修落了空。若真是如此，青年打從心底感謝不已。既然得以不必送重要的朋友到這種慘烈的戰場，就不該期望更多幸運——

沒錯，不該期望。

「嗚啊啊啊！」

他在千鈞一髮之際蹲下來躲過騎兵揮落的軍刀——耗盡的幸運已不再幫助他。不由分說，托爾威·雷米翁非得倚靠實力度過這個困境不可！

「保護托爾威營長！」「營長，往這邊走！」

和他一樣不熟悉白刃戰的部下們也拚盡全力想保護長官。儘管告誡自己不能依賴他們，青年握著槍柄的雙手卻抖個不停。

「哈啊、哈啊……！」「托爾威，冷靜點！仔細看清四周！」

連搭檔沙菲都提出忠告。但他喘口氣的時間也沒有，而且士兵們為了保護托爾威聚集過來，更容易被目標是指揮官的騎兵發現。

不出所料，附近的三名騎兵手持染血的軍刀衝了過來。青年也將槍口對準他們準備迎擊，可是——

「……嗚……！」

他無可救藥地瞄不準目標。不只雙手因恐懼而顫抖，和敵人的距離也已經太過接近。近得能夠看清對方的臉龐。一直倚靠和目標隔開一大段空間來掩蓋對「殺害生物」的逃避，近身戰對他來說是不折不扣的弱點。

「嗚……啊……！」

連扳機也扣不下去，來勢洶洶的騎兵就迫近眼前。其中兩騎被部下開火趕走，但最後一名騎兵強行衝殺過來‧在對準自己筆直衝刺的馬身前，青年不知所措地呆立不動——

「傻愣著站在那裡幹嘛，笨蛋！」

令人懷念的怒罵傳進耳中。同時插進來的射擊貫穿馬頭，緊要關頭救了托爾威一命。他赫然驚覺朝聲音傳來的方向望去，只見兩名兄長神情嚴厲地站在那邊。

「哥、哥……？」

「叫什麼哥哥！沒救你的話，剛才那下你就死定了吧！簡直超越驚愕的地步令人感動了，當著這種情況你那沒出息的性子居然還是沒變！」

雷米翁家的長男怒吼著逼近，暫時忘掉狀況一把揪起么弟的衣襟。

「還是老樣子一臉無辜……！要我說多少次才懂！沒有殺人覺悟的傢伙別站上互相殘殺的舞台！」

托爾威只能目瞪口呆地回望著怒氣衝天猛烈抨擊他的兄長。薩利哈史拉格的表情超越憤怒露出苦澀。

「所以說！給我聽懂啊！你或許很有天資，這點我承認！剛才也受你幫助！可是——你的問題重點不在那裡！你的這個地方！胸口這裡！沒有足以承受不斷殺人的心！」

長兄一拳捶在弟弟胸口大喊。托爾威依然沒法做出任何回應，原本沉默地著注視這段爭論的斯修拉夫察覺危機拉高音量。

「大哥，有敵軍！整批過來了！」

薩利哈史拉格嘖了一聲放開弟弟，重新舉起風槍望向斯修拉夫瞪視的方向，看見超過二十名騎兵正排成縱列衝鋒過來。

「計功的首級在那嗎～～！」

不僅如此，炎髮隨著疾馳飄揚的修羅王也在隊列中。斬下指揮官首級結束鬥爭——約倫札夫朝向這個單純的目標全心全意狂奔。相對的，雷米翁兄弟手下的兵不到三十人。窮途末路。

「迎擊，組成陣——！」

薩利哈史拉格的命令沒能全部傳出去。因為帶頭那群騎兵隨著震耳欲聾的吶喊發動衝鋒。大質量的暴力來襲，痛擊脆弱的步兵。被馬身撞飛的士兵身軀像木屑飛了出去——

「——啊……」

飛向茫然呆立不動的托爾威。他頭部被部下身軀撞個正著，底下的大腦也被無情地猛晃。想咬緊牙關忍耐過去也沒辦法，青年的意識當場落入黑暗。

「——在緊要關頭無法扣下扳機的你，一定保護不了任何東西。」

我清楚地記得那句在失意與自我厭惡的深淵裡聽見的台詞。因為大哥的聲音，再也沒有比這一刻更深深地刺痛過我的心。

「差不多該有自覺了吧。問題的重點不在技術……你竟然連想殺自己的野獸都開不了槍。」

殺掉野狼的薩利哈大哥煩躁地踢開倒在我腳邊的狼屍。其間，斯修拉哥默默地拿水壺裡的水清洗我腳踝的咬傷。

「所以，別再想著要當軍人，你不適合。本來打從一開始拘泥於從軍就沒有意義啊。難得身為三男，去找出更適合你的生活方式吧。」

無論是那帶刺的粗魯話語，或藏在話語底下的關心，我都無法回應。一語不發地垂下頭，斯修拉哥早已包好繃帶包紮完畢。

「如果老爸發牢騷，我也來幫忙說服他——走吧，斯修拉。背起那個笨蛋。」

我的身軀被二哥背在寬闊的背上走下山路。直到抵達山腳為止，走在前頭的薩利哈大哥始終一臉不高興地踢著地面。不過——我發現了。容易打滑的落葉和鬆動石塊都在大哥走過後消失得一乾二淨。

……啊，是這樣呢。儘管種種事情交錯沉澱，如今變得極其錯綜複雜。

那時候兩位兄長心中——一定只充滿了溫柔。

「——小托爾。你或許不適合當軍人。」

我清楚記得那句在疲倦和飢餓極限下聽見的台詞。因為老師的聲音，再也沒有比這一刻聽來更溫柔過。

「我本身在軍中培育過許多部下，但過去連一次也沒說過『你不適合，放棄吧』。因為只須彌補不足之處就夠了——這是我的信條。要體力不佳的人跑步、要射不中標靶的人反覆練習射擊、毆打不聽從命令者令其服從。我就像這樣塑造出許多可用的士兵。如同現在我對你所做的一樣。」

她說著走向目光所及之處的小籠子，開鎖打開鐵籠的門——輕輕抱起在裡頭發抖的小野兔。我無法開槍的目標。

「……可是，我不認為你的性格是缺點。即使挨罵、挨鞭子，足足三天不准吃飯，你依舊不願射擊眼前的生物。你的性情，不是本來應稱作溫柔的美德嗎？」

她十分悲傷地注視著無力地癱坐在草地上的我。我什麼話也說不出來，滿心都是歉意，一放鬆下來眼淚就快要奪眶而出。

「身為雷米翁家的射擊顧問，教導你是我必須盡的職責……但是，將你培育成獨當一面的士兵就是盡到義務嗎？扭曲你的心靈，將你培育成毫不在乎地朝人開槍的畜生，真的算得上教導嗎？那說不定——對一名成人而言，是無比可恥的行徑吧？」

一手抱著兔子，她另一手在單肩包裡摸索掏出一顆蘋果……那肯定是原本在我達成課題後要給我的。

「吃吧。我再也不會罵你、打你。吃完蘋果以後，和我一起去告訴你父親。你應該有不同於士兵的生活方式。只要好好說明，閣下想必也會——」

我幾乎反射性地朝老師遞出的蘋果伸出右手——但在指尖摸到蘋果之前握緊拳頭。相對地，我當著驚訝的她再度拿起堅硬粗糙的鐵塊。

「……老師。我喜歡母親做的菜，吃了很多……」

「……？」

「但我知道，菜餚裡有老師和哥哥獵來的兔肉。明明吃得下，卻沒法開槍——連我自己都覺得奇怪。」

「……任何人都有適合與不適合的部分。只要做適合自己的事情就好了。」

我動動腫脹變硬的嘴唇，勉強對為我這麼說的老師擠出笑容。

「可是，老師明明也……不適合向人開槍的。揍人時看起來也很難過。」

老師的肩膀顫抖一下。從她身上別開視線。我直盯著手中的風槍。

「不只老師，薩利哈大哥、斯修拉哥，還有父親也是——一定都不適合殺人。大家都很溫柔。世上大概無論何處都找不到發自內心期望殺戮的人。

儘管這樣，還是需要士兵對吧。因為戰爭不管我們適不適合都會發生，一旦發生，就算不得不殺掉不想殺的對手，也必須保護想要保護的人。」

這一點就連是無知孩童的我也明白。那肯定就像不吃其他生物會飢餓一樣，是這個世界的常理。

「如果我現在害怕得逃避，帝國某處一定會有比我更害怕的人選擇成為士兵。為了保護重要的人，選擇抱著膽怯的心戰鬥。

那麼，我覺得我也——還能再努力下去。非得努力不可。」

我目不轉睛地看著老師懷中的野兔，嚥下發苦的口水後說道。

「所以，請把牠關回籠子裡。因為那是我今天的……晚餐。」

老師沉默半晌後，自我身上別開目光喃喃地說。

「……連這種毫無辦法的地方，都像父親。」

「咦……？」

「沒什麼……要做的話，就快點動手。別說今天的晚餐，那本來應該是三天前的午餐。」

將兔子重新關回鐵籠，老師恢復平常的嚴厲表情離開。被留下的我，對在風槍上擔心地望著我的搭檔沙菲笑著說聲「不要緊」，請他再度吞下子彈。

然後——用抖個不停的手將槍口伸進鐵籠。

「…………」

在黑暗中顫抖的野兔。比我更加衰弱，遠比我更小的生命。

到死都不許遺忘。那是我第一次獵到的獵物。

「——小——爾！——托爾！快醒醒，小托爾！」

肩膀被搖晃的感覺，將青年從短暫的睡眠中喚醒。

「……大、哥。」

「喔，醒了？那快站起來，別悠哉睡大頭覺！那伙騎兵馬上會掉頭！不迎擊下一次衝鋒就要全滅了！」

大哥慌張的臉龐近在咫尺。在此刻的青年眼中，那急切的神情和夢中的撲克臉不可思議地重疊在一起。

以不太有感覺的雙腳站起身，托爾威思考。回頭想想——許多溫柔的人都試圖讓他遠離戰場。你不適合，你不應該選擇這種生活方式，如此說服他的人們，全都很關心他。

然而托爾威卻無法接受那些溫柔提供的保護，直至今日仍然留在戰場上。在自己和他人都不期望的爭鬥生活裡掙扎著活下去，不斷殺害大量連名字也不知道的人，無數次被夢到亡者的惡夢折磨——如今仍舊一再令雙手染上鮮血。

——這是為了什麼？

他回想起先前的問題。父親問兒子，你是為了什麼站在那裡？當時，他無法回答。他認為自己還沒找到答案。

換成泰爾辛哈．雷米翁應該會毫不猶豫地回答——為了拯救這個國家。

索爾維納雷斯．伊格塞姆應該會毫不苦惱地回答——為了保護這個國家。

伊庫塔．索羅克……那名少年想必連答也不必答吧。

儘管嚮往他們的姿態，羨慕他們始終如一的生存方式，青年一直思考著。托爾威．雷米翁擁有什麼？自己為何上戰場？

於是現在──他找到了答案。並非新的收獲，而是尋自過往的記憶。

自己上戰場的理由，是因為那裡是為了自己而設的地方。

回頭想想，他從一開始便相信。沒有人發自內心期望互相殘殺。人人內心深處都懷抱著膽怯，無可救藥地恐懼自己受傷死亡與傷害殺死陌生的人。

儘管如此，他們挺身戰鬥。為了保護國家、同胞、絕不能失去的重要的人，身心都像野兔般顫抖著踏上戰場。緊緊抓住不畏死亡的勇者這個理想，英雄這個幻想做支撐──嘗試在那些燈火創造出的虛幻狂熱中，對抗死亡令人絕望的冰冷。

托爾威心想。因此──戰場是為了膽小鬼而設的地方。

「…………」

在草地上踏步漸漸找回感覺，他的視線落在手中的風槍上。不接近便能擊殺敵人的兵器。一再經過扭曲的進化，專為膽小鬼發明的武器就在那裡。

不，托爾威於心中訂正。不光是風槍，弩弓、槍甚至劍──這世上種類繁多的武器，不全都是為了讓使用的人類盡可能遠立死亡的恐懼才誕生的嗎？

明明是這樣，擅長用武器的人在戰場上還是被喚作英雄，被期待下一戰能寫下更英勇的事蹟。如此反覆的過程中，他們或許不知不覺間連自己是膽小鬼的事實都遺忘了。

正因為如此，托爾威堅定地下了決心──我要記住。然後總有一天也讓人們回想起來，每個人類都是恐懼死亡的弱小生物。想起這樣的一群膽小鬼扮演勇者互相殘殺才是戰爭的真面目。此外——

「——我要令那種存在方式走入歷史。」

想法化為言語的瞬間，青年像遭雷擊一般領悟自身宿命——為了宿命的殘酷落淚。

如果伊庫塔·索羅克是為了拯救雅特麗而戰，托爾威·雷米翁則必須為了葬送伊格塞姆而戰。

他必須否定伊格塞姆的驕傲，而非奪走其性命。

因為他期望中的無勇戰場，膽小鬼的苦海裡，沒有揮舞雙刀的勇者存在。

「……是嗎？阿伊。所以你——」

來到這裡，青年領會了黑髮少年持續鼓勵他的理由，與對他投注的期待與信賴背後的意義——在眾多溫柔的人中，唯獨那名少年對他很嚴厲。明知他是不適合戰爭的膽小鬼，仍將他推上戰爭的最前線。

一定是因為，他是關鍵。少年對托爾威·雷米翁抱著比任何人都更大的矚望，矚望他成為將炎髮少女從雙刀宿業中解放時所需要的獨一無二搭檔。

回憶起自己的原點，領悟自身該做的事——持槍面對前方，翠眸青年靜靜地邁開步伐。

「營長，您平安無事嗎！」「就這樣躲到我們後面——咦？」「營、營長？」

部下們關心地搭話。托爾威沉默地搖搖頭，從他們之間穿越而過。

「……？喂，你想幹什麼，小托爾！」「托爾威，別上前！」

兩名兄長也出言制止。但青年沒停下腳步。他推開最前列的士兵走上前，一雙翠眸直盯著更前方的——已在衝鋒後調轉方向，此刻正要再度展開疾馳的騎兵身影。

「我在這裡！約倫札～～～夫！」

應當克服的過去象徵。他對獨臂的伊格塞姆傾注渾身之力拋出挑戰書……！

不知究竟是出於什麼理由，那聲呼喚在怒吼與慘叫交織的戰場喧囂中傳達給了對手。

「——喔……？」

老將臉上浮現驚訝。或許約倫札夫．伊格塞姆的五感並非透過聲音，是從投向自己的目光感受到挑戰的意志。無論如何，他很歡喜。因為近二十年來，他不記得有哪個人曾對他發出挑戰。

「——有意思。槍兵之流也膽對我約倫札夫叫陣要正面一決勝負？」

令人懷念的亢奮使他吊起嘴角。緊握韁繩的右手咯吱咯吱作響，跨在馬鞍上的兩條大腿像老虎鉗般鼓滿勁道。

心情彷彿變年輕了半世紀的歲數，老將拉高嗓門。

「你們聽著！既然被點了名，那個小傢伙就由我來殺！」

「「「是！」」」

「雖然年紀輕輕，那多半是主將首級！開路交給你們了！別讓無趣的傢伙來礙事！」

「「「「Sir, yes, sir！」」」」

領會約倫札夫意志的部下齊聲答應。他們本來淨是些瘋得徹底的傢伙，只要能全力戰鬥誰也沒有異議。傳說的跳騎兵為下一波衝鋒順當地整頓旗鼓——

「你這混帳到底在搞什麼鬼啊啊啊啊？」

托爾威以前所未有的有力眼神回望大叫著逼近的大哥。

「我來討伐約倫札夫．伊格塞姆。」

青年如預言般斷然宣言。別說夢話！薩利哈史拉格想要怒吼，卻辦不到。因為弟弟注視自己的眼眸裡，看不出一絲怯弱。

「我要在這一個回合內解決他。薩利哈大哥、斯修拉哥去引開其他騎兵。」

簡短地說完後，青年舉起風槍。除了目標及自己以外的一切全都從他意識裡漸漸消失。

「只有我辦得到。因為只有我是為此而活的。」

面對露出狙擊手神情的托爾威，薩利哈史拉格愣然地呆立不動。沉重的沉默包圍兄弟。

看不下去的斯修拉夫正要朝弟弟伸出手——心中經過一番糾葛後，雷米翁家的長男咂咂嘴抓住他的手臂。

「……隨他去。反正不管說啥那傢伙都聽不見。」

「大哥……可是。」

「讓他放手去做！直到今天之前，無論再怎麼欺負他他也不肯改變生活方式。這種超級大笨蛋，在這個緊要關頭怎麼可能不堅持到底！」

留下最後這句吶喊，薩利哈史拉格扯碎所有的執著轉身離開。雷米翁家的長男回到崗位上，咬牙切齒地繼續指揮部下。

「可惡！開玩笑……！明明只是小托爾，明明只是我弟弟……！」

他以為數不多的兵力修補陣形，做好迎擊準備，自己也加入其中一角。在薩利哈史拉格目光所及之處，敵騎兵即將起步狂奔。

「啊啊，可惡……！反正我一輩子也沒法露出那種瘋狂的眼神——！」

抬起手背擦去模糊視野的液體，薩利哈史拉格發出號令扣下扳機。斯修拉夫和部下們也聽令開始射擊，壓縮空氣的爆炸聲激烈地重疊在一塊。

——另一方面，一進入狙擊手集中狀態，在托爾威耳中一切聽來都變得很遙遠。在只有一人份的寂靜中，獵人將自身意識的敏銳度提升至極限。

「……呼～～……」

討伐約倫札夫。青年知道，他主動說出口的課題困難得近乎不可能。那是指和伊格塞姆交手並打得他認輸。只要還記得他跟炎髮少女一同經歷過的戰場，只要切身了解過那深不可測的實力，現實甚至不容他去夢想缺乏真實感的勝利。

如果仍然期望強行達成此事的話，有一個根本上的問題。雖然是全體槍兵連說出口都覺得畏懼的事實——子彈打不中武藝高超的伊格塞姆。根據觀測實例，凡是正面射擊，他們都能幾乎確實閃避掉從十幾公尺外射去的子彈。

當然，他們並非看得清子彈或速度比子彈還快。應該視為伊格塞姆能預先判斷出開火時間與瞄準目標並進行迴避，但這種犯規的程度還是令人想放棄。如果人人都辦得到，風槍兵這個兵種根本無法成立。幸好，除了伊格塞姆家族外沒發現過有人能重現這樣的絕技，槍兵直至今日都得以保有存在意義。

無論如何，正面射擊會被閃避掉，這與其說是問題更接近前提。此時首先會想到的對策，大概是從發覺不了射手存在的位置做遠距離射擊。然而，那並不符合托爾威的現狀。由於剛才的挑釁，目標已辨識出他的存在。就算不是這樣，在這種混戰中從一開始便難以指望有遠距離射擊機會。狀況已經等於面對面，這代表著正常射擊也會被閃過。雖然在馬背上動作受限，至少上半身是自由的，也可以拿馬身當盾牌護住要害。對伊格塞姆來說，這樣的條件足以避開一發子彈吧。

考慮到這些條件後擬定的對策——首先，托爾威閉上雙眼。

「…………」

聲音回歸。聽覺代替被遮蔽的視覺發揮作用，青年的大腦全力分析得自耳朵的情報。同時還進行計算。根據展開衝鋒的騎兵的疾馳速度與敵我間距離來算出到達為止的時間，迎擊的印象朝向那一瞬間變得更加敏銳。

策略的要訣僅有一個。直到最後的瞬間，馬身迫近眼前的剎那到來前絕不能睜開眼。一旦視覺恢復，將忍不住無意識地盯著目標。這樣即使開火也只會被閃避掉。要從正面打中伊格塞姆，唯有不給他預先判讀瞄準位置的機會。

只有最後那一瞬間才能瞄準目標……但是，這個策略有三項無法忽視的憂慮。第一，實行後仍然被閃避的可能性。既然托爾威能夠一剎那瞄準目標，誰也不能斷言約倫札夫無法同樣在剎那間閃避過去。

第二，子彈命中卻同歸於盡的可能性。直到最後關頭才能睜開眼睛的托爾威，必然無從閃避衝鋒。但凡稍有差錯，甚至可能在張眼的瞬間目睹自己的身體與腦袋分家。

第三點──則是他自己是否能無所畏懼地射穿迫近眼前目標的疑問。

「…………！」

不可以迷惘。既然擊退這些敗因是唯一的勝利之道，事到如今還懷疑自己毫無意義。骰已擲出。是否能擲出希望的點數，話說骰面上是否畫著他所希望的點數，全部要等結束後才知曉。

震動自黑暗的前端接近。托爾威調整呼吸，根據計算開始讀秒。

剩餘五秒──想像迎擊畫面。將憑藉計算和想像鍾鍊出的成果做整體最後加工。

四秒──以腦髓容許範圍內的最大精密度描繪睜開眼睛那瞬間目睹的光景。

三秒──心身完全做好準備。指尖描摹槍柄的觸感。

兩秒——想向神祈禱又打消念頭。

一秒——僅僅想著「騎士團」的每個人。

零秒——使勁張開眼睛。

在奔向終結的疾馳中，約倫札夫被奇異的感覺所困。原因毫無疑問是敵人的身影，對手竟然緊閉雙眼佇立在他的衝鋒軌道上。

他不可能是認命放棄，也並非精神失常。那般善於作戰的將領，不可能在最後關頭丟人現眼。那他就是正在預備。準備以孤注一擲的招式迎擊騎兵衝鋒——這麼一想，老將感到更加愉快。

射擊掃向前頭的部下。或許對方俱是高明的射手，拉近最初一百公尺就有七名騎兵掉隊。距離敵軍近五十公尺，約倫札夫手下的兵包含他在內只剩十三騎——但他已經不在乎那些數字。只要拿下指揮官首級便結束了。時間倒轉回新兵時代，老將化為一介騎兵疾馳。

「「「「「嗚喔喔喔喔喔喔！」」」」」

帶頭那批騎兵衝進步兵的陣型。肉體碰撞，骨骼粉碎，敵我雙方的吶喊無止盡地交疊。狂熱在此刻達到最高潮，眾修羅騎兵不顧性命瘋狂肆虐。

「我來也，小傢伙——！」

將那一切掃進背景，約倫札夫做好準備拔出腰際軍刀。青年的身影已近在咫尺，距離不用兩秒

就能縮短。他毫不猶豫地以腳踝一踢馬腹。

對手依然緊閉雙眼。獨臂的伊格塞姆在錯身而過之際揮起軍刀想一刀砍下他的首級——正當老將的斬擊動作即將完成，瞪大的一雙翠眸捕捉住他。

「——？」

對手在電光石火間舉起槍身。當槍口內的黑暗對準自己，約倫札夫皺起眉頭——不應該在這個時機反擊。最好頂多只是同歸於盡，再說從青年的射擊位置來看，彈道明明沒經過任何要害。利刃迫近毫無防備的頸項。約倫札夫已確信無疑，青年端正的臉孔必將面臨與軀幹永遠分離的命運。因為甚至連老將本身都無法推翻了。

然而——獵人僅僅對那樣的命運扣下了一次扳機。

「嗚——？」

一陣灼熱掠過老將右手，緊握的刀柄緊接著傳來堅硬的反作用力。他看過去，發現青年用槍身接住了軍刀。最後的抵抗——但這不成問題。配合疾奔勁道揮下的伊格塞姆雙刀之一絕對無法阻擋。無論碰到鐵或鋼都能毫不在乎地斬斷，砍掉藏在後面的首級。

老將確信無疑的想法——在下一剎那遭到自己的右手背叛。

「——什……」

鋼鐵的光輝飛向半空。支持約倫札夫整個生涯的武裝，已可稱作半身的軍刀沒給主人帶來首級便脫手而去。他絕不曾放送鬆過力道。被難以置信的現實驚愕得雙眼圓睜，獨臂伊格塞姆的身軀隨著戰馬一起向前衝遠。

「———嗚！」

愕然地奔離敵人數秒鐘後，老將領悟他致命的失策。現在不是沒出息地發愣的時候。他明明正背對著方才未能殺死的獵人空門大開。

「喔喔喔！」

約倫札夫察覺後立刻在馬背上轉身，卻太遲了。時間已輪到獵人出手。

「———嘎———！」

不合理與不講理這對雙胞胎露出微笑。老將生涯與共的伴侶，給予他最後一吻。

鉛塊扎中頸脖的觸感傳來。那足以凍結因戰爭沸騰的心的冰冷，使約倫札夫・伊格塞姆得知自己戰敗的時刻終於來臨。

當騎兵們高舉的紅白旗幟林立，傳遍平原的戰場配樂邁向尾聲。

說歸這麼說，即使下了停止戰鬥命令，衝突也不會立刻停下來。三方勢力交錯的混戰，導致各部隊的指揮系統陷入前所未有的混亂。指揮官一聲令下即可叫停戰鬥的階段早已過去，大批士兵誤失停止互相殘殺的時機。必然的，這樣造成大量沒有意義的傷亡。

儘管如此，衝突總算在對整體造成致命傷害之前收場。由於會談時預先推演過這種情況的發生，事前決定的各種停戰信號也發揮效果。不過——對收拾事態貢獻最大的，從結果來看應該是高舉紅白旗幟高喊「停戰」的眾騎兵吧。

他們以旗幟代替軍刀四處奔馳的身影十分醒目，也沒什麼誤解意圖的空間。與兩個勢力混雜在一起的風槍兵不同，因為大家知道騎兵幾乎全屬於伊格塞姆派，無須懷疑他們關於「停戰」的共通意志。接受伊格塞姆派喪失戰意的事實，步兵們一個接一個放下風槍。

當戰爭花費一番時間迎向終結，交錯亂戰的士兵們再度依照勢力劃分開來，各自開始重整隊列及救援傷兵。

托爾威也作為指揮官負責調派，然而——

「啊——嘎啊……」「——好、好痛——」「營……營長……」

——在嚴酷的戰鬥後，他得面對更加殘酷的現實。青年的部下也出現大量傷亡。親手栽培的狙擊兵同樣犧牲慘重，其中還有一看便知只等著斷氣的重傷者。

「保持清醒！有感覺到我正握著你的手嗎？」

「嗚、嗚啊……啊啊……」

「我們馬上送你到附近的城鎮！只要撐到那邊一定能得救，堅持下去……！」

「嗚、嗚～！嗚嗚嗚～……！」

「利古伊一等兵，你是這場戰爭中最大的功臣之一。回到中央後先頒發動章給你，然後我們再到希羌卡的酒吧痛飲到天亮，酒錢當然由我請客。不過，如果你在那之前死了就當我沒說！全部當成沒發生過，你不想看到這樣吧！」

托爾威鼓勵的部下軀幹被馬踩踏，腹側附近凹陷下去，一次斷了五、六根肋骨。如果沒傷到內臟應該是奇蹟——雖然這麼想，但做完急救包紮以後，除了盼望奇蹟發生外便無計可施。

「咻～！……咻～！……營、營長……我會沒事吧……？」

從脖子到後腦勺的肉都被軍刀剮掉的士兵趴在地上，像要抓住救命稻草般地問。

「羅邦中士，你不是我的部隊裡首屈一指的男子漢嗎！萬一連你都不行，其他所有人通通不行了！拜託你當成是在拯救大家，堅持下去……！」

「咻～！……那、那我可是責任重大啊……因為不想招人怨恨，我會撐住的……」

除了以激勵鼓舞他們快要崩潰的意志力之外，根本無法為重傷者做些什麼。即使無力感逼得他想大叫，托爾威不斷將有機會獲救的傷兵包紮傷口後送走，為無法挽救者送終——這樣反覆磨耗心靈到最後，終於把所有重傷者送往鄰近城鎮。包含搬運的人手在內，此時托爾威部隊的人數幾乎減少一半。

「……啊……」

當照料傷兵的工作告一段落，他想起還有事情沒做。青年撿起放在草叢裡的兩根槍管，走向一名部下。

「……哈爾金上等兵，剛才謝謝你了。槍管還你。」

「是！……沒關係嗎？」

「還有備用品。我們很快就能跟小馬的部隊會合，先還給你……」

托爾威以無力的聲音說著將風槍槍管歸還部下，側眼看向扛在肩頭上的另一把──自己半是變形的風槍。那是在擋下斬擊時被打彎的。

「……對不起，沙菲。儘管是執行作戰計劃，我把你給扔了出去。」

「別在意，托爾威平安無事就好。」

聽到青年道歉，他的搭檔沙菲微笑著回應──挺過衝鋒的那一瞬間，他當場拋下報廢的風槍，將附近部下的風槍連同精靈一起借過來對準約倫札夫的背部開槍。那成為分出勝負的一擊，替激盪的戰鬥畫下休止符。

「……好，差不多該走了。」

托爾威往幾乎虛脫癱軟的身心鼓勁，竭力挺直背脊。就算這一仗獲勝，他的任務什麼都還沒達成。因為他們來到達夫瑪州的目的，是搜索皇帝。

他帶領少數部下走過平原，又是一片悽慘的景象擴展開來。由於只參加後半的戰鬥，托爾威部隊的傷亡和其他部隊相比還算少的。方陣被攪亂到瀕臨崩潰的雷米翁派風槍兵部隊，與直到決勝負前不斷悍不畏死衝鋒的伊格塞姆派騎兵部隊，損害之嚴重都令人不忍卒睹。

「——薩利哈大哥、斯修拉哥。」

托爾威呼喚兩位兄長。目光所及之處，二哥斯修拉夫右臂、左腿及頭部都包著繃帶躺在地上，那種樣子看得令人心痛。大哥薩利哈史拉格則幾乎毫髮無傷地站在他身旁，形成對比。騎兵衝鋒過來的最後那一瞬間，身材魁梧的弟弟一派理所當然地護住兄長。

「抱歉，我們要離開了。那座隔離療養設施就在前面的森林裡對吧。」

「…………」「……同盟的事我們答應了。隨你高興。」

斯修拉夫一語不發，薩利哈史拉格背對么弟回答。

負傷的同伴過多，他們動彈不得。倖存下來的士兵光是全部投入救護工作就竭盡全力，即使想繼續搜索，也不可能拋下瀕死的傷兵前進。

如此一來，沒有其他路可走的他們選擇與托爾威等人有條件地締結盟約，那正是搜索剛開始時青年曾提出過卻被強硬拒絕的提案。依照共享情報的約定，他們也透露了關於傳染病患者集中隔離療養設施的情報。

「就算找到皇帝，也不會要求陛下發出害大哥你們蒙上叛黨污名的敕令，請放心。打從一開始，我們便期望內戰以雷米翁派占上風的形式談和收場。」

「……那種話誰信得過。別妨礙救護工作，還不帶著部下快滾。」

大哥始終不肯回頭。托爾威垂下頭閉上嘴巴，準備轉身離去。

「——喂，等一下。」

但結束談話正要轉身時。一個不悅的男聲使他停下腳步。

腰際插著軍刀的炎髮老人撇著嘴角站在那裡——正是約倫札夫・伊格塞姆。他下了馬右手纏著繃帶，恨恨地注視翠眸青年。

「說明完再走。這究竟是什麼意思～？」

老將一面說一面摸摸脖子，確實被鉛彈打中的那個位置僅僅浮現一片瘀青。

在惡狠狠的瞪視下，托爾威臉上浮現模稜兩可的表情。

「呃……說明指的是？」

「第一次的射擊和第二次的射擊我都不能接受。首先是第一回，假使你直到最後關頭前都閉著眼是為了不讓我判讀狙擊目標——為什麼在緊要關頭瞄準了手？」

老將說著把負傷的右手舉至與頭同高。他的拇指幾乎動不了了。揮出本該斬下敵人首級那一刀的瞬間，青年瞄準精確的一槍將他手掌內側整個剜掉。一旦喪失握緊拇指所需的肌肉，軍刀自然會脫手。

猶豫一下子之後，青年臉上流露一絲自嘲回答。

「……因為除了那裡之外，我都沒有自信打得中。」

「我不懂。」

「因為認識雅特麗小姐……我認為就算瞄準要害，同樣是伊格塞姆的你一定能避開子彈。所以必須瞄準無法閃避的部位——唯一符合條件的，就是揮動軍刀時的右手。」

托爾威揭露。不管多厲害的高手都很難同時兼顧攻擊與閃避。伊格塞姆或許連這一點也辦得到，但至少這次的條件下未能實現。也許是自馬背上斬擊之故，也許是托爾威直到最後關頭都沒暴露狙擊目標，也許是老將想像不到手中彈的情況——大概這些因素都有影響。

「如果你我同樣站在地上，事情多半不會這樣發展。正因為軍刀從馬背揮落，我才得以預測握刀的手會經過什麼位置。從那個高度砍向我，手應該會移動到這附近……實際發生的情形，與我閉眼模擬的印象幾乎毫無差異。」

「……我未必會揮刀斬首吧？如果改用馬蹄踩死你的話你怎麼辦？」

「如果那麼做，結束後難以確定我是生是死吧？想讓戰鬥分出勝負，必須迫使指揮官投降或以戲劇化方式傳播指揮官的死訊，所以我覺得你會來取我首級。你有武藝、有基於經驗而來的自信，沒有理由逃避對決。」

托爾威帶著敬意說道。約倫札夫聽到後更是滿臉怒容地瞪視對方，再度撫摸脖子。

「這樣的話，就把這個惡劣行為也解釋清楚。為什麼我——還活著？」

這才是他感到不悅的最大理由。在戰鬥的盡頭未能獲得死亡之地。眼前的青年，奪走了他深信不疑的信念。

「……因為我一瞬間調低了壓縮空氣的瓦斯壓力後才開槍。」

「看不起我嗎？我是問你為何要調低。」

在約倫札夫嚴厲的瞪視下，青年煩惱到最後突然改變態度露齒一笑。雖然那笑容幾乎和在哭沒兩樣。

「跟瞄準手的理由一樣。」

「啊？」

「若非如此，我沒有自信打得中……每當距離近到能看清對手的臉，以及跟對手相識的時候，我怎麼樣都瞄不準目標，身體無法接受要射殺對方的事實。因此……我專門避開致命要害來射擊，以止住顫抖。在那個距離下，我有自信不傷及性命只擊昏人。」

「我又不是你的熟人。要是我清醒後繼續指揮戰鬥你打算怎麼辦？就算不用手，起碼在指揮上我可不會落後。」

老將冷冰冰地斷然駁斥。雖然害怕，托爾威仍然不服輸地回嘴。

「因為沒法取你性命……取而代之的，我取走了你的驕傲。」

「……什麼？」

「在那個混戰狀態中，想讓被害抑制到最低限度結束戰鬥，無論如何都必須讓你生存下來。因為唯有騎兵們的長官——你才能下令要他們舉起紅白旗幟繞行戰場。考慮到這件事，射殺打從一開始就是不可能的選擇。

而且，你是雅特麗小姐的叔公吧。這是我沒瞄準要害的另一個理由，同時也是發射第二發子彈的理由。

你以戰士身分接受我從正面發出的挑戰，並且我獲勝了。縱使狀況有機會顛覆結果，你的自尊心應該也無法容許。」

青年回覆的話語，令獨臂的伊格塞姆張口結舌。

即使老將對他露出一臉「這傢伙在說啥鬼話」的表情，青年也固執地不肯別開目光——此時，直率的笑聲介入兩人之間。

「嗚哈哈哈哈哈哈哈哈！幹得好，青年！反擊得漂亮！」

「道隆……」

笑了好一會後，「跳騎兵部隊」最老資格的副官走到長官身旁拍拍他的肩膀。

「是時候退場了，上將。這樣的年輕人能騙倒你，看來壞心的戰場女神們無論如何也不打算給你你期望的死亡之地啊。」

「…………」

「不管我們這些老人再怎麼和年齡不相稱地喧鬧，時代也時時刻刻不停變化。到底有誰能夠預料會出現這樣的軍人，還擊敗了我們？哎呀～活得久真是既愉快又殘酷……」

道隆感慨地說。瞥了嘆氣的副官一眼，約倫札夫再度瞪視托爾威。

「……的確是你們贏了，這點我承認．不過這樣的話，你們對我的處置就更顯得寬鬆過頭。按照戰場的禮儀，現場俘虜好不容易打敗的敵將怎麼樣啊？」

「我不是要求以下達舉起紅白旗幟的命令換取不俘虜你嗎？而且老實說……如今我們沒有餘力收你為俘虜。該怎麼逮捕就算拿繩索綑綁、持槍包圍也難以放心的對手才好？好像放猛獸撲進懷裡一樣……即使扣掉你現在手不能動，我也一點都提不起勁嘗試。」

「真沒出息。那現在也不晚，幹脆殺了我！」

「這同樣辦不到。你太過受伊格塞姆派士兵尊敬，萬一殺害你招來他們反感，說不定會妨礙到日後的交涉。你或許很難理解，但我們的目的是調停軍事政變。」

「……嘖……一開口講的淨是不殺人的藉口……」

「你才是，不必那麼固執地想死也沒關係吧……」

「啊啊？你說什麼啊混帳！」

「不、不，沒什麼！……那、那個，可以饒了我就到此為止嗎？差不多該出發了。」

托爾威一臉束手無策地請求。被道隆再次拍拍肩膀的老將再度大聲地咂嘴後，像忽然想起似的盯著包上繃帶的右手。

「……我或許再也沒法握劍了。」

「是啊。」

「連拉韁繩都有問題。我明明原本就得靠獨臂兩頭兼顧了。」

「是啊，正是這樣。不過上將，無論有沒有受傷，到了您這把年紀正常來說早就該節制玩鬥劍和騎馬出遊了。」

道隆毫不留情地插嘴打諢。他的說法聽得約倫札夫忍不住爆笑出聲。

「——哈哈哈哈！說的沒錯！」

用大笑揮開感傷，獨臂的伊格塞姆視線轉回眼前的青年，直接快步走過去，受傷的右手咚地敲在怕得往後仰的青年胸膛上。

「喂，雷米翁家的小子。」

「是、是。」

「把腰板挺得更直些。雖然我想像不出來，但是往後的戰爭就要由像你一樣的槍兵來當主角吧？」

「…………」

「我知道你膽小得無可救藥，不過膽小也要表現出屬於膽小的自信。管他勇敢還是沒出息，人類總會跟隨深信自己的生活方式筆直邁步前進的傢伙。」

老將咧嘴笑著說完後和副官彼此以眼神示意，轉身背對超越自己的後輩。

「奮發吧小子。我可不會再給你啥忠告。到頭來你沒殺我也沒俘虜我，我往後也是伊格塞姆派的指揮官，在軍事政變期間都是你們的敵人。」

「……我們會馬上終結政變，將你變回同伴。」

「能的話就好了——唉，盡力加油吧。」

獨臂的背影揮揮手後，這次真的離開了。倖存的部下們在另一頭翹首盼望老將歸來，他紮成馬尾的炎髮隨著從側面吹來的風飄揚。

烈將約倫札夫·伊格塞姆。比誰都更熱愛戰爭，比誰都更激烈地馳騁戰場的男人。作為在戰場上戰勝伊格塞姆的勝利者，托爾威確實見證了他作為前線指揮官的經歷畫下句點的那一幕——

一群騎士在黑夜的大地疾馳。在人人表情嚴厲地握著韁繩的隊列中央，帝國陸軍中校露西卡・庫爾滋庫滿心焦慮。

「嘖……！」

光從背後追來。以遠光燈映照出露西卡中校一行人背影的，是攜帶光精靈的伊格塞姆派追蹤者。他們多半是專門從事任務的輕裝騎兵，追蹤即為目的，很難完全甩掉。

被他們鑽了空子——明知事到如今再想這些也無濟於事，她還是不由得後悔。

前幾天，眼見搜索局面接近最後階段，她將搜索隊大本營移至州南側，在移動途中遇襲。

當然，露西卡中校也對這種狀況有所防備。既然三方勢力同時混雜在一個州內相爭，移動途中自然不能疏忽大意……然而，她得承認錯估了可能發生的襲擊規模。

在搜索範圍所剩無幾，哪一方勢力都應將兵力往南調派的局面，她沒有想到依舊留在後方的雷米翁本隊會遭受大規模騎兵部隊襲擊。

遇襲當時，他們營和走在前頭的部隊拉開兩公里的距離行軍，而且由於地形限制，連與連之間的間隔也較遠。再往前走一段路就能以正常形式會合，分散的時間只有數十分鐘。抓準這一點破綻，敵騎兵以令偵查無用武之地的速度衝了過來。

「一旦進入戰鬥就麻煩了，別放慢速度！庫姆年中尉，殿下平安無事嗎？」

「是！殿下在此！」

跟在後面的部下回應，是親衛隊隊長庫姆年中尉。在他背後，和他同乘一騎的人物將兜帽壓得極低。

側眼確認過那個身影後，露西卡中校目光轉回前方咬牙切齒。

「果然太大意了……！」

如嘔血般呢喃的她詛咒自己太沒用，在緊要關頭被敵人逮著可趁之機——就算被嘲笑膽小如鼠，移動時也應該帶更多兵力防禦才對。因為她護送的是左右這個國家命運的要人。

目前，露西卡中校手下僅有兩個排的騎兵，為親衛隊所屬排與從本隊帶來的一個排。剛脫離戰場時人數還超過兩倍，卻在逃到此處的路上減少許多。幸好追兵也相對地減少，但即使敵人數量只有我方一半，現在也不能被追上。

「——！看見河川了！沿著河往南走，渡橋！」

幸而有月光幫助，露西卡中校找出在黑暗中閃爍的河面，是在漫長的逃亡最後終於發現的活路。只要抵達橋的另一頭，跟友軍會合一事就有眉目了。

與她的記憶相符，靜靜流動的河上架著一道橋。跨越河寬的橋梁全長十公尺多，寬度也超過四公尺，相當氣派。只要組成縱列，供騎兵隊通過也不成問題。

「變更隊列為三列縱隊！別放慢腳步一口氣渡河！」

收到指令的部下們奔跑著切換配置，靈巧地配合橋面寬度組成縱隊。隊列剛組好，帶頭那批騎兵便衝上橋。這段距離憑騎兵的速度不須幾秒便能跨越。然而——心急的步伐卻被來自正面的遠光燈擋住。

「……？停下來！」

眼睛被光芒晃花的帶頭騎兵停了下來。同時露西卡也攔住後面的騎兵。停在橋頭，他們瞪著堵住去路的阻礙。

「恕我失禮，各位看來是帶第一皇子殿下脫離的部隊。」

響亮的盤問自光的帷幕彼端傳來，是凜然的少女嗓音。露西卡中校撇撇嘴。站在掀起軍事政變的一方，她不可能聽不出那是誰的聲音。

「……是雅特麗希諾・伊格塞姆中尉吧。沒想到妳居然搶先埋伏在這裡。」

「鑒於正逢非常時期，我獲得過度的榮譽晉升至中校待遇官。好久不見，露西卡・庫爾滋庫中校。首先，請原諒我沒面對面就直接交談的失禮。」

「既然階級相同，妳不必道歉或對我加上敬稱。我們的關係也沒好到會互相親暱問候。」

「那馬上進入正題。請立刻投降，中校。我等的任務是保護遭叛軍綁架的第一皇子殿下。進行無用的戰鬥並非所願。」

斬釘截鐵的投降勸告。瞇著適應光亮的眼睛望向光另一頭的敵影，露西卡中校拚命動腦思考——儘管看不見裝備不確定主力兵種，但對方兵力最少也有一個排。而橋後半段似乎設置了臨時的拒馬。

儘管判斷在當前狀況下對付起來很棘手，她既沒有時間煩惱，選擇也沒有多到足以煩惱。雖然在來到這裡的路上稍微甩開一段距離，追蹤者很快就會追到背後。一旦遭到前後夾擊，那才是被將死了。不願意的話，只能在被追兵抓住不放之前跨越阻礙。

「……那麼，只有強行通過了。」

露西卡中校斷然回應，手放到背後向部下們傳達行動指示。毅然的嗓音自光的彼端回答。

「容我提出忠告，諸位想達成那個企圖非常困難。為了皇子殿下的安全著想，請做出聰明的判斷。」

「為了這個國家的未來，我不接受。」

「冰之女」毅然決然地斷言，告訴周遭的部下。

「部隊全員進入繞行機動！殺出血路！恢復速度後轉為衝鋒！」

根據她剛才用手勢發出的指示，後列部下早已轉而行動。露西卡自己也一拉韁繩掉過頭。同時，弩弓自對岸發射箭矢，無數的破風聲宣告這一夜的戰鬥開幕。

「「「「喔喔喔喔喔喔喔喔！」」」」

當透過繞行機動漸漸恢復勢頭的騎兵衝上橋，戰況的激烈程度達到最高潮。那騎手與馬身都披覆鎧甲防禦堅固的樣子絕不可能看錯，他們正是重裝騎兵，肩負在這種困境挺身而出打開缺口的責任。

然而，迎擊方的陣勢也不是能輕易打亂的。箭矢專門瞄準在拒馬前退縮的騎兵，再加上遠光燈也不定期地時亮時滅混淆人與馬匹。最大限度活用少數光照兵的作戰計劃、準確又擅變通的戰術，令露西卡中校咬住下唇。難以置信這居然是年僅十來歲的少女在指揮，感覺簡直像正在和老練的前線指揮官交手。

「……可是！」

她隨著脫口而出的逆接詞扣下扳機。露西卡中校的射擊逐一擊碎敵軍的光源，光精靈身上的「光洞」。哪怕明暗急驟交錯也不為所動，她的射擊精準至極。這也理所當然——她不僅是雷米翁派第一參謀，同時也是雷米翁家的射擊顧問。她可是托爾威的老師，射擊實力毫無疑問名列帝國前五。活到今天，她也擁有由歲月累積的經驗，賭上作為雷米翁派智囊一展長才的經歷，她不能在這一戰落敗。

這麼鼓舞自己，露西卡中校在敵方擊退第三波衝鋒時視線轉向橋梁護欄另一頭——緩緩流動的上游水面。

沒多久後敵人似乎也察覺動靜，其中一道遠光燈投向與她視線相同的方向。那邊有數名騎兵正踏進水中試圖渡河，是戰鬥剛開始之際，奉命不引人注目地脫離繞行機動的士兵。

露西卡中校以天生的冷酷思維推測敵人的思路——雅特麗希諾．伊格塞姆多半會判斷，這若非渡河後從側面發動襲擊的作戰計劃，就是想保護要人迅速脫離戰場。她的注意力將會放在因應這兩種可能性吧。

當她這麼想，此時需要的是士兵及光線。特別是光源已在露西卡的射擊下減少一半，若將剩餘光源調派過來，作為主戰場的橋梁那邊就不得不有片刻恢復黑暗——

「全體待命。為下一個信號做好準備。」

叫部下們擺開架勢，「冰之女」屏息等待那個瞬間。每一秒鐘彷彿延長十倍的等候到了終點

——正如她所料，映照橋的光線消失大半。

「就是現在！衝鋒開始，突破敵軍封鎖！」

騎兵們收到命令後一個接一個策馬疾馳，手持衝鋒長槍衝過落入黑暗的橋面。看不見騎兵的出發動作，敵兵的迎擊來遲數秒。未受任何干擾抵達拒馬的帶頭騎兵憑著一身重裝連人帶馬衝撞上去。

「「「嗚喔喔喔喔喔喔喔喔喔喔！」」」

猛攻在第三個人撞上去後得到回報。拒馬承受不了衝擊攔腰折斷，損壞部分形成致命的空隙。

「什——！」

後面的騎兵欣喜不已踩過同伴遺體接二連三地湧向拒馬空隙——他們眼前忽然冒出火牆。

露西卡啞然失聲。火焰在此時加入運用光亮與黑暗互相欺騙的較勁。為了預防拒馬被突破，他們大概事先準備了澆過油的稻草束之類的物品吧。畏懼炎熱的馬匹遲疑不前，騎兵集團被拖延著沒能衝進好不容易撬開的防線缺口。其間，弩弓的齊射再度傾注而下。

「嘎——！」「嗚咕！」「好燙——！」

瞄準鎧甲縫隙的箭矢毫不留情地貫穿馬與人，湧進狹窄空間的騎兵們難以行動自如。而且損害還不只這些，穿越火牆及拒馬的步兵也衝入對他們來說已化為地獄的橋上。

「嗚、嗚哇？」「可、可惡，你們！」「區區步兵竟敢——！」

騎兵從前列起依序發出慘叫。喪失機動力的騎兵，在這個受侷限的空間內僅僅是步兵的好獵物。相對於完全無法施展衝鋒長槍及戰戟的他們，敵人靈活機敏的步兵以上了短槍的弩弓不斷創造戰果。

「嗚……！」

眼見我軍時時刻刻被削弱的慘狀，露西卡喘不過氣來。而今她只得承認，敵將的智謀在自己之上。連找出活路的餘地也沒有，大勢已定。除非敵人犯下大錯，不可能從現在起逆轉戰局——

「——？」

判斷騎馬不再有任何優勢的她下了馬，一個幾乎灼痛眼球的鮮紅人影躍入眼簾。飄揚的炎髮、沾染人血與馬血的軍刀及短劍。揮舞號稱最強的雙刀輕鬆地在騎兵之間一路衝殺，少女出現在露西卡．庫爾滋庫面前。

「我要求妳投降，庫爾滋庫中校。這一戰妳沒有勝算。」

深紅的眼眸直視對手，雅特麗這麼斷言。面對敵人露西卡瞬間給風槍上了刺刀，卻沒有任何話能反駁對方指出的事實。

「咿啊啊啊啊！」

被逼到絕境的她背後傳來慘叫。不必回頭，露西卡也知道慘叫的是誰。披著兜帽的人物被亢奮的馬甩落馬背摔倒在地，慌張地掃視周遭後，勉強辨認出保護人的身影奔了過來。

「妳！救、救救我！求求妳、求求妳……！」

「殿、殿下……」

男子在露西卡背後不顧形象和體面地求饒，掀起的兜帽底下露出一張雙頰凹陷的憔悴臉龐，還有骨碌碌轉動的含淚雙眼及褪色得面目全非的金髮。

他是卡托瓦納帝國第一皇子——萊暹奴・奇朵拉・卡托沃瑪尼尼克。於軍事政變爆發之際受到雷米翁派「保護」的皇位繼承權最高順位皇族。

「我再說一遍，庫爾滋庫中校。請投降吧。我不想繼續戰鬥下去，害得殿下被捲入無謂的危險中。」

雅特麗再度要求。夾在強敵與護衛對象之間左右為難的露西卡，在旁人看來像是進退兩難。不過，她本人並不這麼想。她在這種極限狀態下執拗地分析著的，是眼前從天而降的逆轉機會。

雅特麗希諾・伊格塞姆。並不是比喻，敵方部隊指揮官正在眼前。只要當場制伏她，突破失去統御後的敵方部隊的可能性便將再次滋生。

「…………」

然而，想要實現難如登天也是事實。即使風槍在手，想從正面挑戰並戰勝伊格塞姆近乎癡人說夢。露西卡必須靠著受部下讚譽為「冰之女」的頭腦，突破生涯最大的困境。

可是，雷米翁派引以為傲的最優秀頭腦不容小覷。掌握狀況五秒鐘後，聰穎至極的她腦中已迸出答案。

「——欸？」

第一皇子喉頭發出傻愣愣的叫聲——那便是露西卡的答案。一手揪住皇族衣襟拉到身邊，然後對準雅特麗一腳往他背上踹下去。

「嗚嘎！」

所有帝國人目睹這一幕的瞬間都會嚇得僵住。主動做出這種行徑，「冰之女」毫不在乎地舉起槍口。她定睛瞄準的目標是炎髮少女，在最接近的地方看到第一皇子被踢飛的人。

對君主絕對的忠誠心，想必是構成伊格塞姆精神的因素之一。透過從前所做的背景調查，她充分理解雅特麗希諾·伊格塞姆的人格特別強烈地顯現出這種特徵。那麼，少女面對這樣的狀況必然無法冷靜。目睹她腳踢皇族產生的憤慨、對正要一頭摔倒的第一皇子的關切、企圖保護進入彈道的皇子的捨身精神——無論哪一種都可以。只要少女出現一點感情動搖，露西卡專為擊殺敵人而精心磨練的一槍，都將準確地貫穿那個破綻——！

「——疾！」

雅特麗的身體向前壓低。判斷那是準備接住第一皇子的動作，露西卡即刻扣下扳機。這一槍將從皇子太陽穴旁僅兩公分的極近處通過，射穿少女眉心。發射出的子彈，穿越射手事前決定的軌道。

「——？」

賭上女子整個生涯孤注一擲的子彈——仍然在雅特麗比預料中壓得更低的上半身前劃過空氣，僅僅只掠過飄揚的炎髮。

露西卡只錯認了一件事。雅特麗之所以壓低身子並非是要接住快摔倒的皇子，正好相反，是為了用手掃倒皇子雙腿好令他徹底跌個狗吃屎。根據普遍的理論，臥倒是保護自己躲開射擊的最好方法，因此她毫不猶豫地這麼做。靠著效仿「冰之女」專長的冷靜，雅特麗選擇讓皇子撞傷鼻子流鼻血而非背部中彈濺血，深信這是最好的對應之道。

「──為什麼？」

露西卡只在一件事上運氣不佳。如果雅特麗希諾．伊格塞姆還是兩年前的她，利用皇族攻擊弱點的手段或許能奏效。可是，少女已經在當她還是實習准尉時發生的一樁事件裡學到教訓。

帝國陸軍上尉伊森．胡策動的綁架第三公主未遂案。當時夏米優殿下被當成人質，雅特麗必須在四周全是敵人的情況下保護公主，導致受了伊森上尉的心理作戰影響下出現疏忽失敗。儘管結果因為同伴趕到而獲救，她不可能沒從那次失敗中學到任何東西。

「──喝啊！」

擺出壓低身子的姿勢當然並不只為了絆倒皇子，同時也顯露雅特麗穿過射擊主動殺向對手的意志。露西卡不肯認輸地試圖以槍劍迎擊迫近的雙刀刀尖，然而──

「嘎哈……！」

別說刺中，槍劍甚至沒擦到邊。鑽進對手懷中的雅特麗當即以軍刀刀柄末端往她太陽穴敲下去，露西卡嘔出胃液踉蹌數步。只跨了一步就縮短原本就此拉開的距離，炎髮少女將短劍劍尖抵上女子頸脖。

「……妳很強。技術自不用說，無論置身任何狀況都冷靜尋找活路的心，真是名副其實真正的戰士。」

「……嗚……」

「正因為如此，現在請認輸吧。失去像妳這般優秀的將領，對帝國軍的損失難以估計。我不願見到那樣的結果發生。」

雅特麗以最大的敬意和誠意勸說眼前的女子。連這段時間手頭都像小毛賊似的偷偷給搭檔吞下子彈的露西卡，只能自嘲地抽動臉頰肌肉——落差大得嚇人。和為求勝利像隻蟲子般卑微爬行的自己相比，這名少女的存在方式顯得多麼高貴美麗。

可是，不對。少女展現的並非人類的生存方式，而是沒有血肉的劍身之美。

我怎麼受得了被那種玩意束縛住！露西卡激起自尊心憤怒地想。

因為她決心為了某個男子奉獻一切。哪怕自己整個人都深陷泥淖，也決心要把他推上高峰。

「——呵、呵……」

所以——鮮紅的劍士啊。為了達成心願，我這個卑鄙的女人不管多少次都會辜負妳的期待。

風精靈體內的壓縮空氣填充完畢。就在填充完成前，露西卡的身軀當著雅特麗的面頹然往後倒。從旁看來或許就像她已放棄一切雙膝脫力，但事實絕非如此。即使到了這個地步，她的手腳依舊令人驚訝地只依循理智運作。

「————」

逐漸上仰的視野中，露西卡只有一瞬間往下看。雅特麗沒有動作。大概是無論對手怎麼反擊，都有自信完美地阻擋住吧。

露西卡鬆了口氣——總算有一回能讓這名少女大吃一驚了。

她的背部接近地面。如今女子的身軀幾乎和橋面平行，無論是背部、手臂或腿——那一剎那，炎髮少女眼眸如電光般閃過「察覺」的預兆。

露出一生中最燦爛的微笑目送少女的反應，露西卡．庫爾滋庫扣下手中的扳機。

在那個瞬間，戰場上的時間永遠停止。

炎髮少女雙膝落地，覆蓋住女子往後倒下的軀體。在橋上各處搏鬥的士兵們也停下動作，只是一味愕然地望著那一幕。

連結兩人軀體的，是雅特麗伸出的右臂和——從那隻手上更向前刺出，沐浴著月光的軍刀刀刃。打磨鋒銳的刀尖扎進女子胸膛。

「——咳噗！」

仰天倒下的女子口中溢出鮮紅的液體。液體像水龍頭只扭開一點般徐緩卻不斷地流出，顯示盛裝生命的容器底部被打出了一個再也無法修復的破洞。

「……真是的……連這一招也行不通嗎？」

露西卡露出連嫌惡都覺得累的表情呢喃，在察看過自己槍口瞄準的方向並目睹結果後，她微微

抬起的頭部落到地上。

消瘦的男子害怕地蹲在橋上。牙齒格格打顫的聲響，毫無疑問地證明他還活著。

還有——就在他頭上的護欄被打穿的小洞。那微微冒煙的小洞，是女子人生最後留下的慘痛失敗證據。

「……為什麼……」

「為什麼……？什麼、為什麼？」

雅特麗口中發出低沉的疑問。露西卡疑惑地瞇起眼睛。

「……」

「我不會、交給妳。不會交給、伊格塞姆。所以，只能這樣做啊。」

女子毫無顧忌地說出不辯自明的道理。即使那是軍人所能犯下最差最惡劣的背叛行徑，她斷定的口吻也沒有一絲內疚。

「可是，還是沒成功。明明不顧形象豁出去拚一把，我的人生卻以如此難看的失敗劃下句點——因此起碼剩下的時間裡，我要恨妳。真的好久沒這麼做了……讓我毫無意義的遷怒妳吧。」

露西卡直視雅特麗，用諷刺的語氣說道。即使被她的目光直盯著，炎髮少女甚至無法抽刀。因為她知道一旦動手，女子僅存的生命餘暉也將瞬間散盡。

「吶，雅特麗希諾·伊格塞姆……妳是為了什麼而戰？」

女子突然拋出這個問題，少女心中的伊格塞姆反射性地回答。

「……和妳相同。是為了保衛帝國所有居民。」

「哎呀，我可不一樣。別把我和那種玩意算在一塊。」

露西卡微弱的聲調忽然恢復力道，否定的語氣裡甚至帶著憎恨。雅特麗一動也不動地雙眼圓睜，回望女子。

「別搞錯了。我只是為了心愛的人而戰，對正義或大義沒有執著。只要那個人期望，對我來說就算犧牲其他所有的一切也無所謂。」

「——」

「我並非為了救國而行動，也無意拯救在那裡生活的人民。僅僅是因為他這麼期望……因為若不這麼做，就拯救不了他。」

女子的眼中映出少女，臉上一瞬間浮現明顯的憐憫。

「——可憐的孩子。破壞這場軍事政變，究竟能留下什麼給妳？妳本身能得到怎樣的幸福？繼續保衛沒有未來的帝國，遲早有一天只能一同滅亡吧。

無法接觸屬於女孩的幸福，不識愛人與被愛的喜悅。妳明明得不到任何回報，終有一日只會被棄置在腐爛的屍堆上——」

露西卡說到此處打住——仰望位於少女彼端，高掛瑩白半月的夜空。

「沒有任何人指使過我。我依照自己的心意，一路以來傾盡全力支持唯一愛慕過的對象……縱使這份感情無法開花結果，縱使心中一直懷抱無法吐露的愛意，名叫露西卡的女人的確存在過。

唯獨那個價值不容任何人否定。也不可能被否定。因為在臨死之前，我本身從那份感情裡找到了——我生而為我的意義。」

毅然說出口的宣言，是露西卡．庫爾滋庫這名女子一生中對外界掀起的最後波瀾。接下來——她的雙眼不再映出現實的任何事物。

「……他不要緊吧……我不在了以後……明明脆弱，卻對自己很嚴格……痛苦難過的時候……懂得向同伴求助嗎……懂得向夫人撒嬌嗎……

啊啊——還有孩子們……薩利哈、斯修拉、小托爾……孩子們都各自懷抱著……完全不同的煩惱……」

她的聲音變得沙啞，眼皮緩緩地闔上。逐漸落入黑暗的意識中，女子珍惜地擁抱著眼瞼底下描繪出的所有情景。

「……呵呵……要說遺憾……倒有一個……如果能親自……生下他們……大概……更……

……加……………——」

接下來的話語永遠無法自她口中吐出。

「中校——！」

撲通……堅強地跳動完最後一下，女子的心臟永遠停止。透過扎在她胸口的軍刀，雅特麗的右手清晰地感受到一條性命告別的觸感。

「————」

炎髮少女拔出軍刀。忘了收刀回鞘，她當場呆立不動。

她甚至無法哀悼。不允許她這麼做，露西卡・庫爾滋庫完美地完成了自己的人生後逝去。露西卡賭上自尊拒絕和解，否定、憎恨、侮蔑了雅特麗——留下單方面的憐憫，連反駁機會也不給少女便走下舞台。

面對不允許她伸出手的遺體，雅特麗希諾・伊格塞姆不知所措。不知道這時候適合做什麼，也不知道應該做什麼，良久良久，少女抱著無處宣洩的感情佇立原地——

收到任務達成的報告後，伊庫塔和哈洛以及夏米優殿下抵達一座位於蓊鬱森林深處，本身也像一副遺骸的村落。

搭著茅草屋頂的簡陋大雜院雜亂地排列著，兩眼無神的村民如幽靈般來來往往。能夠站立走路的情況還算好，有些人更是或蹲或臥地直盯著虛空。他們身上大都有一望即知的明顯病徵，光是這片景象，便足以令人察覺此處是什麼樣的地方。

「總算到了啊。真是的，我都等不及了。」

當三人帶著部下踏進村落，微胖少年立刻出來迎接。和伊庫塔等人一樣，他也戴上口罩覆蓋口鼻。伊庫塔收到關於此處的報告時便下令要戴口罩，但在現場的人似乎不用吩咐從一開始就戴上了。

「好久不見，馬修先生！看到你記得戴口罩，我總算放心了。」

「真高興又見面了，吾友馬修。看來你們這邊麻煩很多啊。」

「我是有很多話要說，不過這些晚點再談，先去確認吧。儘管對居民過意不去，這裡可不什麼是讓人想久留的地方。」

馬修語畢直接轉身邁開步伐，為所有人帶路。跟在他背後，伊庫塔針對必要事務做確認。

「沒想到我們搶先趕到，真意外。其他部隊沒有出手妨礙？」

「我們和雷米翁派算是締結了同盟，而且兩方的本隊都尚未抵達。這裡的地形適合防衛戰，想強行奪下大概需要相當多的兵力……唉，其實我本來也打算和雷米翁派共同占領，但不知為何被他們拋下不理。我稍微探過口風，據說雷米翁派與後方的聯繫出了些延誤。」

「或許發生了什麼事件。雖然我也在意這方面的情況，但是……」

正要發揮想像力前，公主搖搖頭。現在應該專注於眼前的發現。

眾人一邊互相報告狀況，一邊在來來往往的村民側目之下走向村落深處。沒多久後，他們抵達一座半是埋在地底，規模較其他房屋更大的建築物前。不只建築方式特殊，更連一扇窗戶都沒有，顯得十分異樣。

建築物周邊已經派有大批士兵，一名修長的青年從中走了出來。

「阿伊，你到了！還有哈洛小姐和公主殿下！」

托爾威露出燦爛的笑容和同伴一一共享重逢的喜悅。看見他的樣子，伊庫塔突然皺起眉頭，在青年走到眼前的瞬間用中指彈他額頭。

「好痛！幹、幹什麼，阿伊？」

「……不，我自己也搞不懂。怎麼說，就是一舉一動全都散發著『瞧，我脫胎換骨了吧？』的氣息，令人毫無理由地感到火大……」

「你在莫名其妙地亂講什麼……托爾威和平常沒兩樣。」

夏米優殿下傻眼地說。她身旁的哈洛也咯咯輕笑。

「包含伊庫塔先生對托爾威先生沒來由的嚴格在內，一切果然還是老樣子！我放心了！」

她精神奕奕到悠哉程度的聲調使氣氛開朗起來。所有人都盡可能不去意識到雅特麗不在場的事實。從哈洛的開朗得到許多慰藉，騎士團的成員們將目光轉回眼前的建築物。

「……吾友馬修。人就在裡面？」

「嗯，在。這棟房子過去似乎很有問題，我招集風精靈仔細進行過通風換氣。雖然考慮過換地點，但對方好像沒那個意思。跟我們連話也不說幾句，大概只想和最高司令官談吧。」

點頭同意馬修的見解，伊庫塔囑咐其他人在這裡等候，與四名護衛兵一起步向無窗建築物唯一的入口大門……被要求待命的四人之中，唯有夏米優殿下若無其事地跟了上來。

「等等，公主。我剛才拜託妳留下來等耶？」

「我拒絕。對手可是那個人，就算是我，在場也比不在場好。」

「沒有人說過公主妳不可靠。不是這樣的……只是這次的對手，和我之間有一點私人的複雜情況。」

「複雜情況嗎……儘管這麼說令人不快，但內容我想像得到……再說要談私人原委，我更有優勢。畢竟在裡頭的——雖然連我自己都不想承認這個事實——是我血緣上的父親。」

聽到這番有道理的反駁，少年放棄進一步說服。老實說，他在某方面從一開始就覺得事情大概會這樣發展。平常總是感嘆自己力有未逮的少女，在認定屬於自己職責的分野絕不會退讓。

「……我明白了。那我們走吧，來。」

少年說著朝她伸出右手，夏米優殿下退縮了一下，戰戰兢兢地伸出左手。手背大上兩圈的掌心握緊的瞬間，公主在胸中深處的某種事物隨著痛楚怦怦直跳。

「在裡面的時候絕對不要離開我。這是帶妳進去的條件。」

「……唔，我知道了。」

為了不洩漏內心的想法，少女假裝平靜地點點頭。在並肩而立的他們眼前，四名士兵推向對開的門扉。縫隙進了沙子的門鉸鏈發出刺耳的聲響，忍耐噪音約十秒鐘後，黑暗如同地獄的入口般顯現。

「庫斯，可以點亮周照燈嗎？」「好的，伊庫塔。」

伊庫塔左手抱住從腰包裡出來的庫斯，自精靈軀幹「光洞」發出的光線照亮兩人身邊。少年在四名士兵先下去後踏進入口，公主也跟著照辦。略陡的階梯向下延伸，注意不讓步伐較小的同伴摔倒，少年謹慎地一步步往下走去。

「…………」「…………」

階梯在不到十級內走完，進入一片微亮的空間。空間內部大小為縱深十公尺多，寬度則將近一倍，仰望頭頂就能發現天花板意外地高。士兵們帶來的四個光精靈照亮內部，房間角落還留下了幾個風精靈持續通風換氣。

「啊——你們終於來了？」

在濕潤泥土地的盡頭，面向兩人下來階梯的最深處，那個人物發出明顯帶著歡喜的叫聲。伊庫塔和夏米優殿下同時望了過去。

只見一個躺在簡陋床鋪上，渾身上下纏滿繃帶的軀體。儘管外表乍看之下難以分辨和屍體有何差異，但仔細觀察，可以看出白布縫隙間正吐出淺淺的呼吸。就算聽說他是至尊皇冠的主人，不知道事情來龍去脈的人誰也不會相信吧。

在他身旁，一名男子恭敬地跪在地上服侍。象徵帝國宰相身分的卡其色華服光滑的質感，在黑暗中看來彷如屍蠟。

「如你所見，我們來了。受到那麼熱切的邀請，想要忽視才麻煩。」

以第一句話做簡單的應答，少年忽然心想——玉音放送中提及的皇帝藏身處，若按照字面上的意思解釋，這裡算是「與國史九百餘年國威相稱之地」嗎？

令人極為不快的是，伊庫塔忍不住覺得這個諷刺恰好合適。集中放置無望痊癒病患的偏遠村落。在沒有未來這一點上，此處比其他任何地方都絕望得更加徹底。這種存在方式，不由得令他回憶起從根腐爛，只等待倒下的瞬間來臨的永靈樹——

「……可以的話，我希望一輩子不用和你交談。」

「居然說這種話！我可是滿心期待著和你對話的那一天啊！」

「我知道，你還沒玩夠吧。在你最起勁的時候，老爸抽身離開了。」

說著說著，少年感覺到心中的感情逐漸消失。這多半是一種防衛本能，因為以正常神經面對這隻狐狸會被他搞瘋。他太過清楚，被狐狸玩弄過的人都面臨怎樣的悲慘下場。

「……索羅克……」

伊庫塔用力回握公主顫抖的手，往前邁步。他站定的地點離狐狸八步遠。距離足以看清楚彼此的表情，想要勒住對方的脖子又嫌太遠。

「儘管低劣糟糕到極點令人想昏倒，這也是種緣分。我就陪你玩玩，托里斯奈。

——好了，說來聽聽。在這齣低級趣味的喜劇裡，你想要我怎麼表演？」

從那段距離外，他猶如一刀殺過去般發出開戰宣言。就像在慶祝千年來首度的喜訊，狐狸聽到後深不可測地加深臉上宛如龜裂的笑容。

〈完〉

後記

大家好，我是宇野朴人。謝謝大家陪我進入系列第六集。

這次我想省略閒聊，立刻進入重要話題。

大家或許已經注意到了，本系列從這一集起出現重大變化。沒錯，就是插畫家換人。從第六集以後，將由新的專業畫師與戰友——竜徹老師取代前五集承蒙關照的さんば挿老師負責插畫工作。

不僅如實地繼承過往的印象，竜徹老師也以獨有的筆觸描繪出《極北之星》的眾角色。但願各位讀者都很享受經過正式又獨特的翻修後煥然一新的世界觀。

借後記的篇幅，我也想向前任插畫家さんば挿老師表達謝意。真的非常感謝您在前五集中為本系列繪製許多美妙的插圖，往後也請溫暖地關注故事的發展。

接下來，要對第六集出版之際麻煩到的諸位致上問候。

首先當然是插畫家竜徹老師，承蒙您接手系列，細心地重新設計主要角色造型，實在感激不盡，往後也請多多指教。一起讓故事邁向更高潮吧！

責任編輯黑崎編輯，我又……沒能保衛成功。真是沒用……不過，下次我一定會堅守住。我不想再把她拖延下去了，不想再拖延到極限為止……！

最後，我要對所有拿起本書的讀者獻上不由分說的感謝！

宇野朴人

大家好，我是さんば挿。

從第一集起負責《天鏡的極北之星》插畫工作的我，這次出於健康因素辭去插畫一職。因為事出突然造成各位讀者的困惑，我覺得非常抱歉。

前年我的健康嚴重受損，醫生也建議我暫時休養，使我很猶豫該不該繼續繪製插畫。但我本身對這部作品感情很深，也多虧編輯部彈性應對，才得以一路努力到今天。

如今本系列順利上了軌道令人越發期待往後的發展，可是今年以來，我的身體出乎意料地持續出狀況，考慮到作品的未來，我向編輯部表明這個想法，和宇野老師及編輯部協商了許多次，得到他們「請以身體為重」的溫暖回應。儘管要離開只有一句「萬分遺憾」可以道盡，我還是做出這次的結論。

以後我將盡力保養身體，希望有一天能夠健康地和大家相會。

宇野朴人老師、電擊文庫編輯部的諸位與其他相關人士，至今為止承蒙各位關照了。也打從心底感謝喜愛本作的讀者們。

今後懇請大家繼續期待《天鏡的極北之星》。

我也會默默地支持第六集以後的《天鏡的極北之星》！

２０１４年８月　さんば挿

大家好，初次見面。

我是這次繼さんば挿老師之後接手《天鏡的極北之星》插畫一職的竜徹。

從半途中加入這部深受許多讀者喜愛的作品給我很大的壓力，不過在珍視直至五集為止存在於各位讀者心中的伊庫塔及雅特麗等人的形象之餘，也照自己的風格加以詮釋……是我的目標。

我會全力以赴，好讓大家更加享受《天鏡的極北之星》的精彩內容，希望大家今後也溫暖地關注本作。

竜徹

Kadokawa Light Novels

實現之星 1~2 待續

Kadokawa Fantastic Novels

作者：高橋彌七郎　插畫：いとうのいぢ

樺苗竟與同班同學的魔術師少女有婚約關係？
愛慕樺苗的青梅竹馬摩芙展開戀愛攻防戰！

八十辻夕子，不僅是樺苗的同班同學，更是現代的魔術師。樺苗只是不小心看見她光溜溜的模樣，就被逼著負責娶她為妻；而摩芙還在這哭笑不得的窘況中，在夕子父親身上發現了「半閉之眼」……戀愛與戰鬥都一把抓的第二集！

台灣角川

各 **NT$180/HK$55**

國家圖書館出版品預行編目資料

發條精靈戰記 ： 天鏡的極北之星 / 宇野朴人作 ；
K.K.譯. -- 初版. -- 臺北市 : 臺灣角川, 2016.03-
　冊 ；　公分
譯自 : ねじ巻き精霊戦記 天鏡のアルデラミン
ISBN 978-986-366-978-4(第6冊 : 平裝)

861.57　　105001232

Kadokawa
Fantastic
Novels

發條精靈戰記
天鏡的極北之星 6
（原著名：ねじ巻き精霊戦記 天鏡のアルデラミン Ⅵ）

2016年3月11日 初版第1刷發行
2016年8月12日 初版第2刷發行

作者：宇野朴人
插畫：竜徹
角色原案：さんば挿
日版設計：AFTERGLOW
譯者：K.K.

發行人：加藤寬之
總編輯：蔡佩芬
主編：吳欣怡
文字編輯：黎夢萍
資深設計指導：黃珮君
美術設計：胡芳銘
印務：李明修（主任）、張加恩、黎宇凡、潘尚琪

發行所：台灣角川股份有限公司
地址：105台北市光復北路11巷44號5樓
電話：（02）2747-2433
傳真：（02）2747-2558
網址：http://www.kadokawa.com.tw
劃撥帳戶：台灣角川股份有限公司
劃撥帳號：19487412
法律顧問：寰瀛法律事務所
製版：巨茂科技印刷有限公司
ISBN：978-986-366-978-4
香港代理：香港角川有限公司
地址：香港新界葵涌興芳路223號
新都會廣場第2座17樓 1701-02A室
電話：（852）3653-2888